Herzensbruder, Bruderherz

Andrea Schomburg

Mit Bildern von Dorothee Mahnkopf

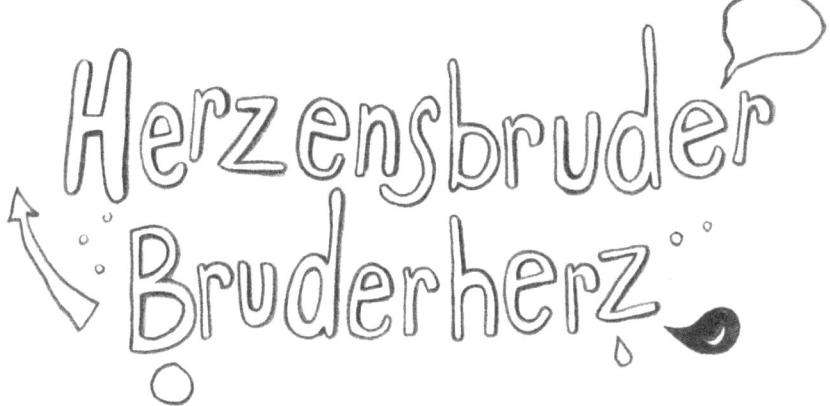

TULIPAN VERLAG

Ich bin Luise, und alles normal

Es ist schon komisch, dass diese ganze Sache ausgerechnet mir passiert ist, denn normaler als ich kann man eigentlich gar nicht sein. Ich bin fast zwölf, ich heiße Luise, ich gehe aufs Gymnasium, ich hab supernette Freundinnen und spiele Geige im Jugendorchester. Aber nur gerade so gut, dass ich im Orchester bleiben darf, ich bin nicht irgendwie megabegabt oder so. Außerdem bin ich in Batenbüttel aufgewachsen und niemandem in Batenbüttel ist jemals was Außergewöhnliches passiert. Nur ein einziges Mal, vor ein paar Jahren, da hat sich eine Frau aus dem Kastanienweg in ihren Nachbarn verliebt und ihr Mann hat sich eine Pistole besorgt und auf den Nachbarn geschossen. Es stand sogar in der Zeitung. *Eifersuchtsdrama in Batenbüttel!*

»Jaja, unter der Maske der biederen Bürger brodeln die Leidenschaften«, hat Papa gemeint.

Mama hat ihn angegrinst. »Du musst es ja wissen«, hat sie gesagt.

Ich hab mich früher oft gefragt, warum Mama so ist, wie sie ist. Lustig und locker und auch ziemlich chaotisch auf der einen Seite, aber total ängstlich und unlocker, wenn es um mich geht. Wenn ich nur das geringste bisschen huste, schickt sie mich sofort zum Arzt und gibt mir die dicksten Schals und am liebsten auch gleich ein Antibiotikum. Aber

dann sagt Papa: »Nix, das kommt gar nicht infrage, da ent-
stehen resistente Bakterien, also solche, die man nie wieder
wegkriegt.«

Und dann streiten sie sich, und ich habe ein schlechtes
Gewissen, weil sie meinetwegen streiten, und ich denke,
wenn ich nicht da wäre, dann hätten sie nicht so viel Krach.
Aber am nächsten Tag komme ich in die Küche und sie
knutschen, und daran merkt man ja wohl, dass alles wieder
gut ist.

Und ich muss auch immer sagen, wo ich hingehe. Ich
kann dann weg, das ist nicht das Problem, aber Mama will
immer ganz genau wissen, wo ich bin, »falls was passiert«,
erklärt sie. »Und ruf an, wenn es später wird. Wir holen
dich gerne ab.«

Es ist schon eine komische Sache mit den Sorgen, die
sich Eltern machen. Irgendwie fühlt man sich geschmei-
chelt, dass man ihnen so wichtig ist, aber es nervt natürlich auch total, und manchmal will man einfach nur seine
Ruhe haben.

Ich dachte lange, das wäre in allen Familien so, mit den
Eltern und dem Sorgenmachen, aber dann hab ich mitgekriegt, dass zum Beispiel Lena – meine beste Freundin in Batenbüttel – oft aus dem Haus geht und nicht
extra Bescheid gibt, wo sie
hinwill. »Sagst du denn
deiner Mutter nicht,
wo wir sind?«, hab
ich sie gefragt. »Nö,

warum?«, hat Lena geantwortet, »wir sind doch bald wieder zurück.«

Auch andere Sachen sind bei Lena nicht so wie bei uns. Es ist zum Beispiel immer aufgeräumt, im ganzen Haus, und ihre Mutter hat zu Advent Kerzen auf dem Tisch, und wenn ich am Wochenende bei Lena übernachte, dann ist am nächsten Morgen der Frühstückstisch schön gedeckt, und es gibt selbst gemachtes Müsli und frisch gepressten Saft, und ihr Papa hat Brötchen geholt.

Wenn ich samstagmorgens Brötchen essen will, dann gibt es erst mal eine Riesendiskussion mit Papa. Papa sagt, dazu gibt er sich nicht her, Brötchen sind aus weißem Mehl und ungesund, und wenn ich welche will, dann muss ich die schon selber holen. Dabei bringe ich immer Brötchen für meine Eltern mit und die essen sie dann gern. Logisch ist das nicht, oder?

Einmal, als ich noch in der Grundschule war, hatten sie mir in der Bäckerei alte Brötchen gegeben und da ist Papa voll ausgeflippt. Er ist mit mir zur Bäckerei gegangen, obwohl, was heißt gegangen, er ist so schnell dahingestürmt, dass ich kaum hinterherkam. Und dann hat er der Bäckerin die Tüte mit den alten Brötchen auf die Theke geschmissen und ganz laut gesagt, es wäre eine Unverschämtheit, einem Kind alte Brötchen anzudrehen, und das wäre das letzte Mal, dass er hier was kauft! Die Bäckerin war knallrot im Gesicht. Sie wollte ihm neue Brötchen geben, aber Papa hat gerufen, sie könnte

sich ihre Brötchen sonst wohin stecken, der ganze Laden war voller Leute, ich hätte mich am liebsten in Luft aufgelöst.

So ist Papa. Wenn er das Gefühl hat, dass mich jemand ungerecht behandelt, dann wird er zum Tier. Total übertrieben, aber natürlich irgendwie auch total süß.

Aber das wollte ich ja gar nicht erzählen. Ich wollte erzählen, wie ich entdeckte, dass bei uns nicht alles so normal ist, wie ich gedacht hatte.

* * *

Der letzte normale Tag, an den ich mich erinnere, war mein zwölfter Geburtstag. Alles war wie immer: Das kribbelige Gefühl in meinem Bauch, als ich ins Wohnzimmer kam. Der Geruch nach Blumen und Kuchen. Die Geburtstagstorte mit der riesigen Zwölf aus rosa Zuckerguss und zwölf brennenden Kerzen. Neben dem Tisch stand der Feuerlöscher, den Papa sicherheitshalber dort platziert hatte, zur Feier des Tages war er mit einem Vergissmeinnicht-Kränzchen geschmückt – der Feuerlöscher, meine ich jetzt, nicht Papa. Auf dem Tisch, auf der Geburtstagsdecke, ein fetter Strauß Glockenblumen und Margeriten und drum herum ein Päckchen am anderen.

Wenn man keine Geschwister hat, kriegt man mehr Geschenke. Das ist ein Vorteil. Allerdings hätte ich echt gern auf ein paar Geschenke verzichtet, wenn ich dafür Geschwister gehabt hätte. Vor allem einen Bruder. So einen Bruder, dem ich alles sagen könnte und der Steffi Rotzauge Prügel androhen würde, wenn sie mit ihrer Zickengruppe wieder so eklig zu mir gewesen wäre, die blöde Kuh. (Sie heißt Rotauge, was ja schon schlimm genug ist, aber heimlich nenne ich sie Rotzauge, weil sie so doof ist und außerdem oft Augenentzündungen hat.)

Einmal hab ich das Aylin erzählt, das mit dem Bruder, aber Aylin hat gesagt, ich stelle mir das viel zu ideal vor. »Mit Brüdern«, sagt Aylin, »mit Brüdern hat man nichts als Ärger. Die schneiden deinen Barbiepuppen die Haare ab und ziehen ihnen Darth-Vader-Klamotten an, und sie kloppen sich mit dir und fressen dir das letzte Stück

Kuchen und die Schokolade weg, die du dir extra aufgehoben hast. Und wenn sie kleiner sind, kriegst immer du den
Ärger, wenn ihr euch streitet.«

Aber Aylin hat gut reden, die hat ja einen Bruder. Eigentlich sogar zwei, aber der eine war gerade in Amerika, als sie
das sagte. Ich mag ihn gern. ›Hoffentlich stürzt das Flug-
zeug nicht ab, wenn er zurückfliegt‹, dachte ich.

Über meine Geburtstagsgeschenke hab ich mich natürlich trotzdem gefreut, vor allem über das neue Smartphone.

»Ich habe unsere Nummern schon eingespeichert«, sagte
Mama. »Dann kannst du uns jederzeit erreichen, wenn was
ist. Du Liebe!«

Sie zerdrückte wie immer an meinem Geburtstag ein paar Tränchen und dann umarmte sie mich so fest, dass sie beinah auch mich zerdrückt hätte. Es ist mir ein bisschen peinlich, wenn sie so gerührt ist. Aber was will man machen, sie meint es ja lieb. »Ich bin so froh, dass es dich gibt und dass du auch in diesem Jahr behütet worden bist!«, flüsterte sie, wie jedes Jahr.

Mama macht sich ständig Sorgen, speziell um mich, das habe ich ja schon gesagt. Manchmal habe ich den Eindruck, das Leben ist für sie eine Art Höllenmaschine, die ihr jeden Moment ins Gesicht explodieren kann. Obwohl uns bisher noch nie ernstlich was passiert ist. »Aber man weiß eben nie«, sagt Mama.

»Herzlichen Glückwunsch, meine Große! Pass gut auf dich auf in deinem neuen Lebensjahr!« Das war Papa. Er hatte mir ein Fernglas geschenkt, für unsere Klassenfahrt. »Damit du die Seehunde besser sehen kannst, ihr fahrt doch zu den Seehundbänken«, sagte er. Ich hatte ihm erzählt, wie sehr ich mich auf die Fahrt zu den Seehundbänken freute, und das mit dem Fernglas fand ich echt eine gute Idee. Papa ist jemand, der sich richtig Gedanken macht bei Geschenken, es muss immer etwas Nützliches sein, was man wirklich gebrauchen kann. Mama hat er mal zum Hochzeitstag ein Heizkissen geschenkt, weil sie nachts im Bett ständig so kalte Füße hat. Mama stand da, mit dem Heizkissen in der Hand, und sie sagte, das sei ja komplett lieb von Papa, aber sie hätte eigentlich lieber mal was Romantisches, selbst geschriebene Gedichte oder so.

»Von Gedichten kriegst du keine warmen Füße«, hat Papa gesagt. »Aber ein warmes Herz«, hat Mama geantwortet, und Papa hat sie in den Arm genommen und versprochen, er wärmt ihr schon noch das Herz, sie wird sehen.

Mir hatte Papa außer dem Fernglas noch eine Strickleiter für die Klassenfahrt geschenkt. »Da kannst du dich retten, falls ein Feuer ausbricht«, sagte Papa. »Diese alten Jugendherbergen haben ja oft Holztreppen, da hat man keine Chance, wenn es brennt. Gar keine.«

Mama nickte bekümmert.

Ich stellte mir vor, was Aylin und Lena sagen würden, wenn ich in unserem Jugendherbergszimmer die Strickleiter auspacken würde. Na ja, ich konnte sie auch einfach im Koffer versteckt lassen. Da hatte ich sie im Notfall gleich zur Hand. Man weiß ja echt nicht, was passiert.

Aber erst mal habe ich am Abend mit Aylin und Lena Geburtstag gefeiert. Es war lustig, es war schön, und alles war wie immer.

* * *

Der nächste Tag war Sonntag, der Sonntag vor der Klassenfahrt, und gleich nach dem Frühstück fing ich an zu packen. Oder vielmehr, meine Eltern fingen an zu packen. Ich hatte alle Sachen, die ich mitnehmen wollte, auf mein Bett gelegt, und Papa und Mama wuselten gleichzeitig in mein Zimmer. Papa schwang eine Federwaage, an der unser kleiner Rollkoffer hing.

»Eins Komma sieben zwo Kilo Eigengewicht«, rief er stolz und gab dem Koffer einen liebevollen Klaps. »Einen leichteren Koffer als diesen kann man überhaupt nicht finden!«

Ich seufzte. Man kann nämlich leider auch keinen hässlicheren Koffer finden. Der Koffer ist gelblich kackbraun, so eine Rentnerfarbe irgendwie. Einen coolen Koffer, in Pink zum Beispiel, hat Papa mir nicht gekauft, weil die, die sie in dem Geschäft hatten, alle zu schwer waren und weil jedes Gramm zusätzlich den jugendlichen Rücken belastet. Sagt Papa.

Mama musterte besorgt die Klamotten auf meinem Bett.

»Du hast ja gar kein vernünftiges Regenzeug mit und nur Sandalen und keine festen Schuhe, hier ist noch Sonnencreme Schutzfaktor dreißig, reib dich unbedingt ein, wenn ihr an den Strand geht oder ins Watt, an der See kann man auch an bedeckten Tagen total verbrennen, hörst du, und nimm deinen Fleece-Pulli mit, und geh bloß nicht alleine ins Watt, die Flut kommt viel schneller, als man denkt, zack, ist einem der Weg abgeschnitten, und falls es regnet, hier ist noch der Regenponcho, und …«

Unser Regenponcho reicht mir bis zu den Füßen, ungefähr wie der Tarnmantel von Harry Potter, nur dass er einen nicht unsichtbar macht, im Gegenteil, alle gucken einen an und grinsen, wenn man so herumschlappt wie ein riesiges Zitroneneis, das langsam schmilzt, denn gelb ist er auch noch. Ich rollte das Monster zusammen, legte es in den Koffer und sagte: »Vielen Dank.« Ich wusste genau, dass ich es kein einziges Mal anziehen würde, ganz egal, ob es Bindfäden oder junge Hunde oder sonst was regnen würde. Aber wenn man einmal anfängt, mit meinen Eltern zu diskutieren, dann kommt man unter zwei Stunden nicht weg. Papa beweist alles wissenschaftlich, und Mama kennt tausend Fälle, wo Leute sich schreckliche Krankheiten geholt haben, Lungenentzündung und Schulter-Rheumatismus und so, nur weil sie nass geworden sind.

»Hier sind Blasenpflaster«, redete Mama weiter, »wenn du dir eine Blase läufst, und Jod, wenn du dich verletzt, und falls ihr Fahrräder mietet, sei BLOSS vorsichtig. Hier ist dein Helm, und ruf an, wenn was ist, hörst du?«

Ich rollte mit den Augen. »Mama, wir dürfen unsere Handys nicht mitnehmen, das weißt du doch!«

»Das finde ich sowieso unmöglich, dass ihr die zu Hause lassen sollt, kannst du nicht …«

»Sandra«, sagte Papa, »es gibt einen Münzfernsprecher in der Jugendherberge, und wenn wirklich was Schlimmes sein sollte« – Mama sah entsetzt aus –, »dann wird Frau Heinzelmann uns schon anrufen. Luise ist doch auf der Reise mehr unter Aufsicht als hier, wenn sie alleine unterwegs ist!«

Papa tut manchmal so, als wäre nur Mama diejenige, die sich Sorgen macht, dabei ist er auf seine Art mindestens genauso schlimm. Aber Mama fällt jedes Mal drauf rein.

»Na gut«, sagte sie, ein bisschen beruhigt, »das stimmt. Und Frau Heinzelmann ist ja wirklich lieb und kümmert sich, das muss man ihr lassen. Aber kauf dir frisches Obst zwischendurch, Luise, in diesen Jugendherbergen gibt es doch immer nur ewig warm gehaltenes Essen und …«

»Und bloß diese pappigen weißen Brötchen zum Frühstück«, setzte Papa mit angeekeltem Gesicht hinzu. »Ich weiß nicht, was die sich dabei denken!«

Ich nickte und packte und packte und nickte und versuchte, ganz ruhig ein- und wieder auszuatmen, damit wir fertig wurden, denn es hat echt keinen Zweck, mit meinen Eltern zu diskutieren, das habe ich ja schon gesagt.

Nach zwei Stunden waren wir tatsächlich fertig und im Flur neben der Eingangstür stand, hässlich und kackbraun, der leichteste Koffer der Welt. Ich hatte das Gefühl, dass er mich triumphierend angrinste.

Das Geheimnis des Dachbodens

Dann klingelte das Telefon. Es war Lena, und wir be-
quatschten, was wir eingepackt hatten und ob wir noch
irgendwelche Spiele mitnehmen sollten und wie die Klassenfahrt wohl werden würde und was wir zu der Disco am
letzten Abend anziehen könnten.

Irgendwann rief Mama, wir wollten doch noch den
Dachboden aufräumen und ob ich kommen könnte
und sagen, was ich von meinen alten Spielsachen noch
brauchte.

Eigentlich musste nur das Gästezimmer unterm Dach
aufgeräumt werden, weil ein Freund von Papa aus Australien vielleicht für ein paar Wochen bei uns wohnen sollte,
aber Mama hat gesagt: »Bestimmt geht er auch in den
Bodenraum daneben, das kann man gar nicht verhindern,
und dann muss man ja in die Erde versinken vor Scham, so
wie das da aussieht.«

Mama ist echt komisch: Ich kenne niemanden, der so
unordentlich ist wie sie und so wenig dazu steht. Papa ist
auch unordentlich, aber er macht sich nichts draus, er sagt:
»Wir sind eben Intellektuelle, da sieht es nun mal so aus.«
Intellektuelle, das sind Leute, die studiert haben und Bücher lesen und sich für Filme und Museen interessieren.
Ich finde aber, aufräumen kann man trotzdem, oder? Die

Eltern von Aylin haben sogar noch viel mehr Bücher als wir und bei denen ist immer alles tipptopp.

Also, wir räumten auf und sortierten und füllten einen Müllsack nach dem andern mit dem, was wegkonnte, und das war eine Sauarbeit, denn meine Eltern hatten einfach alles aufgehoben, Bücher und Hefte vom Studium und kaputte Möbel und Minikleider und altes Spielzeug und meine Hefte von der Grundschule und mein Bobbycar und meinen Hochstuhl, alles lag durcheinander und aufeinander, so wie sie es in den Raum auf dem Dachboden reingeschmissen hatten. In Erdkunde haben wir mal gelernt, dass Kohle entsteht, wenn abgestorbene Pflanzenreste viele Jahrhunderte lang in Schichten übereinanderliegen, und als wir da oben aufräumten, hatte ich das Gefühl, auf unserem Dachboden wäre Kohle oder so was entstanden, wenn wir nicht Klarschiff gemacht hätten.

Und auf einmal hatte ich dieses Fotoalbum in der Hand. *Sandra 2005* stand vorne drauf. Merkwürdig, dass es hier oben war, denn unsere Fotoalben stehen eigentlich alle im Regal im Wohnzimmer.

Ich hab mich auf einen umgedrehten kaputten Eimer gesetzt und angefangen, die Fotos anzuschauen. Meine Mutter war schwanger und hat total gestrahlt, sie sah ganz jung aus und so, als ob sie sich noch nie über irgendwas Sorgen gemacht hätte.

Aber als Mama – in der Gegenwart, meine ich jetzt – gesehen hat, dass ich das Album anschaue, hat sie es mir aus der Hand gezerrt und mit einem Ruck zugeklappt und gesagt: »Wenn wir uns hier an jedem einzelnen Gegenstand festhalten, dann werden wir nie fertig.« Sie war richtig sauer, ich hab das gar nicht verstanden, es werden doch wohl mal fünf Minuten drin sein, um ein altes Fotoalbum anzuschauen! Sie musste dann rausgehen, weil sie von dem Staub Schnupfen bekam, und Papa und ich haben allein weitergeräumt, und es war einfach unglaublich, was da alles zum Vorschein kam. Sogar meine alten Babysachen, winzige Höschen und Jäckchen und Hütchen, alles in Rosa und Blau.

»Warum habt ihr denn auch blaue Sachen für mich gekauft?«, fragte ich und hielt ein Strampelhöschen hoch, das so glatt und neu aussah, als wäre es nie getragen worden.

Papa hatte gerade in einer anderen Ecke des Dachbodens zu tun. »Mann, ist das hier stickig!«, schnaufte er. »Mach doch mal das Fenster auf!«

Papa hört oft nicht richtig zu, wenn man etwas zu ihm sagt. Er behauptet zwar, er könnte sich auf mehrere Sachen gleichzeitig konzentrieren, aber wenn man zum Beispiel mit ihm spazieren geht und ihm etwas aus der Schule erzählt, dann sagt er auf einmal total aus dem Zusammenhang: »Guck mal, die Weidenkätzchen kommen jetzt auch schon raus«, und redet weiter über die Weidenkätzchen, und deswegen wunderte ich mich nicht, dass er nicht antwortete.

»Wieso habt ihr diese ganzen Jungsklamotten für mich gekauft?«, fragte ich wieder.

»Die waren damals noch nicht so weit mit dem Ultraschall«, erwiderte Papa und hustete. »Wir wussten nicht

genau, was du wirst, Junge oder Mädchen, da haben wir einfach zwei Sätze Babyklamotten gekauft.«

»Schade um die blauen Sachen«, sagte ich.

»Ja«, erwiderte Papa, »schade um die blauen Sachen.«

Der Dachboden ist dann irre ordentlich geworden, und Mama hatte inzwischen gekocht, und sie hat sich entschuldigt, dass sie so ausgeflippt ist, und gesagt, sie freut sich natürlich sehr, dass Troy aus Australien kommen und hier wohnen soll, aber es stresst sie halt auch, weil sie an der Uni gerade so viel zu tun hat. Und wenn Troy hier ist, dann muss sie immer aufräumen und sich furchtbar Mühe geben mit dem Haushalt, denn das kann man ja keinem zumuten, so wie das normalerweise hier ist.

»Ach, wir sind eben Intellektuelle, da sieht es …«, hat Papa angefangen und Mama hat mit den Augen gerollt und geseufzt: »Auf dich fällt's ja nicht zurück, wenn's bei uns aussieht wie Schwein!«, und Papa hat gesagt, sie ist sein allerliebstes kleines Schwein, und wir alle geben uns Mühe und werden so superordentlich, dass es richtig ungemütlich ist, sie wird sehen. Wir haben gegessen und alles war gut.

Am späten Nachmittag hatte ich noch Orchesterprobe in Rahlhausen, weil in zwei Wochen das Konzert sein sollte, und Mama hat wie immer gesagt, sie kann mich auch fahren. Sie mag es nicht, wenn ich allein durch das Wäldchen radele. Sie findet das gefährlich, einmal hat sie sogar Frau Krauseminz vor dem Weg durch das Wäldchen gewarnt. Frau Krauseminz ist unsere Nachbarin, sie ist alt und dick und immer auf der Jagd nach Sonderangeboten.

Sie lauert auf das fette Reklamebündel im Briefkasten wie ein Tiger auf seine Beute, schleppt es auf ihre Terrasse und streicht sich mit blutrotem Kuli alles an, was es günstiger gibt. Dann schnauft sie los, mit ihrem Hackenporsche, zu Fuß drei Kilometer durch das Wäldchen nach Rahlhausen, wo die billigen Geschäfte sind. »Um das Klopapier zwei Cent günstiger zu kriegen, riskiert sie ihr Leben«, sagt Mama.

»Haben Sie denn keine Angst, allein durch das Wäldchen zu gehen? Es wird doch bald dunkel«, hat Mama sie mal gefragt.

»Ha!«, hat Frau Krauseminz gerufen. Sie hat eine ziemlich tiefe Stimme, wahrscheinlich, weil die Stimme zuerst an ihren drei Kinnen vorbeimuss, bevor sie aus dem Mund kann. »Bloß weil ich in Batenbüttel wohne, versäum ich doch nicht die besten Schnäppchen! Kurz vor Ladenschluss gibt's noch Extra-Sonderangebote! Und wenn wirklich mal jemand hinter mir herschleichen sollte …«, hat Frau Krauseminz drohend gesagt, »dann heb ich einen dicken Stein auf, aber so, dass der das sehen kann, der Unhold, und tu den Stein in meinen Einkaufsbeutel. Und dann schwenk ich den Beutel mit dem Stein wie einen Totschläger!« Frau Krauseminz hat mit dem Arm rotiert, als hätte sie ein Lasso in der Hand und wollte ein Wildpferd einfangen. Mama hat es uns vorgemacht. »Mir hat noch nie jemand was getan«, hat Frau Krauseminz gerufen und so stolz ausgesehen, als hätte sie ganz allein dreißig Verbrecher auf einmal vertrieben, hat Mama erzählt.

Im Wäldchen ist noch nie was passiert. Mama macht sich trotzdem Sorgen.

Papa hat gesagt: »Quatsch, es ist lange hell im Juni und es sind ständig Leute mit ihren Hunden im Wäldchen«, aber ich soll auf jeden Fall den Fahrradhelm aufsetzen, denn wenn man ohne Fahrradhelm einen Unfall hat und auf den Kopf fällt, dann hat man keine Chance.

Ich bin also losgefahren mit meinem Fahrradhelm und hatte Probe, und danach hab ich mich noch kurz mit Lena getroffen, aber die ganze Zeit nagte irgendwas an mir. Es hatte mit dem Zimmer auf dem Dachboden und dem

Aufräumen zu tun. Und ich lag so im Bett in dieser Nacht und dachte daran, wie Mama ausgeflippt war, und ich sah mich wieder da sitzen, auf dem umgekehrten Eimer, mit dem Fotoalbum auf dem Schoß, und die Bilder von meiner strahlenden Mutter mit ihrem Babybauch, und Mama reißt mir das Fotoalbum aus der Hand, Sandra 2005, Sandra 2005, Sandra 2005.

Und ich bin aufgestanden und mit der Taschenlampe auf den Boden geschlichen und habe das Album geholt, und wenn ich das nicht gemacht hätte, dann wäre das, was danach alles passiert ist, gar nicht passiert.

Ich saß in meinem Bett und blätterte und der Schein von meiner Nachttischlampe fiel auf das Album, und auf einmal fing mein Herz so rasend an zu klopfen, als ob jemand in meiner Brust total nervös und hektisch eine Glocke schüttelte.

Nämlich, ganz vorne im Album, ich hatte das am Nachmittag gar nicht gesehen, klebte ein Ultraschallfoto. Von rechts oben zeigte ein Pfeil auf das Foto. *Luise* stand neben dem Pfeil, das hatte meine Mutter geschrieben, sie schreibt das L immer total schwungvoll. Um meinen Namen hatte sie eine Blume gemalt, wie sie das jetzt noch macht, wenn sie mir Nachrichten auf Zettel schreibt und sie in den Flur legt. *Luise, Zahnarzttermin nicht vergessen!* oder so.

Aber das war nicht der Grund, warum die Glocke in meiner Brust so dröhnte, dass ich kaum Luft bekam. Der Grund war der andere Pfeil. Der Pfeil, der von links oben auf das Ultraschallfoto zeigte. *Felix* stand daneben und auch um den Namen Felix war eine Blume gemalt.

Luise, Felix.

Ich konnte in den Schatten auf dem Ultraschallbild nur mühsam Babys erkennen. Aber es waren eindeutig zwei Schatten.

Zwei.

Mit einem anderen Stift hatte jemand neben dem Namen von Felix ein Kreuz gemacht. Und daneben stand ein Datum, wieder in Mamas Schrift, aber klein und krakelig. *24. Juni 2005.*

24. Juni 2005. Mein Geburtsdatum. Unser Geburtsdatum. Ich hätte einen Zwillingsbruder haben sollen.

Ich hatte einen Zwillingsbruder. Er hieß Felix. Und er war tot. Gestorben am 24. Juni 2005.

Ich weiß nicht, wie ich es geschafft habe, aus dem Bett zu kommen, mich die Treppe raufzutasten und das Album

wieder dahin zu legen, wo ich es weggenommen hatte. Danach saß ich jedenfalls noch ganz lange im Bett, den Rücken gegen die Wand gelehnt, die Arme um die Knie geschlungen. Ich hatte das nicht wissen sollen, das mit meinem Bruder, das war klar. So, wie meine Eltern gestrickt sind, wollten sie es mir ersparen zu wissen, dass mein Bruder es nicht in die Welt geschafft hatte, weil das so traurig ist. Sie versuchen ja IMMER, mir alles Traurige zu ersparen, ich soll am liebsten noch nicht mal traurige Bücher lesen oder traurige Filme sehen. Und wahrscheinlich war es für sie selber auch zu schwer, von Felix zu sprechen. ›Aber natürlich denken sie an ihn‹, überlegte ich. Nicht immer, nicht jeden Tag oder so, aber bestimmt zum Beispiel an meinem Geburtstag, wo Mama ja immer ein bisschen weint. Und jetzt wusste ich auch, warum, und ich musste auch ein bisschen weinen, obwohl ich gleichzeitig total wütend war, denn, verdammt, das war schließlich MEIN Bruder, und da habe ich ja wohl ein Recht drauf zu wissen, dass es den gegeben hat, wenn auch nur ganz kurz!

Ich überlegte und überlegte, ob ich mit meinen Eltern über das Album sprechen sollte oder nicht, und ich war so traurig und durcheinander und alles zugleich, dass ich eigentlich gar nicht hätte einschlafen dürfen. Aber als ich am Morgen aufwachte, brannte meine Nachttischlampe noch.

Kichern, heulen und hundert Dosen Bio-Proviant

Die Sonne schien ins Zimmer, es war noch ganz früh, halb sechs ungefähr, und ich musste ja erst um halb sieben aufstehen. Wenn es ein normaler Morgen vor einer Klassenfahrt gewesen wäre, dann hätte ich mir jetzt vielleicht Sorgen gemacht, ob ich wirklich mit Lena und Aylin in ein Zimmer kommen würde oder – Schreck lass nach! – mit der blöden Steffi Rotzauge. Oder ich hätte mich so auf die Reise gefreut, dass ich deswegen nicht wieder hätte einschlafen können. Aber es war kein normaler Morgen und deshalb war die Klassenfahrt nur ganz hinten in meinem Kopf, und vorne, da, wo die wichtigen Gedanken sind, da war mein Zwillingsbruder.

Ich lag im Bett, die Arme hinter dem Kopf verschränkt, und die ganze Zeit dachte ich, wie schön es wäre, wenn er am Leben geblieben wäre. Ein Zwillingsbruder! Wir wären natürlich zweieiige Zwillinge gewesen, weil ja der eine ein Junge und die andere ein Mädchen war – das hatten wir in der Schule gehabt. Das heißt, wir hätten nicht absolut gleich ausgesehen. Aber ich stellte mir trotzdem vor, dass wir uns ZIEMLICH ähnlich gesehen hätten. Ich malte mir aus, wie ich mich als Felix verkleidet hätte und er sich als Luise und wie wir die Lehrer und die Nachbarn und alle hinters Licht geführt hätten. Und ich war immer so auf der Kippe zwischen kichern und heulen, bis der Wecker klingelte und ich aufstehen musste und duschen und mich anziehen.

Mama war schon in der Küche, sie saß vor einem Riesenberg von geschnittenem Gemüse, belegten Broten mit Bio-Käse, Äpfeln und zuckerfreien Müsliriegeln, genug für die ganze Schulklasse. Auf dem Herd dampfte Rührei für mich, und Papa hatte extra Vollkornbrötchen geholt, bei der Bäckerei seines Vertrauens, wie er immer erklärt, denn bei der anderen Bäckerei kauft er ja nicht mehr seit damals, seit der Sache mit den alten Brötchen.

»Du siehst blass aus, meine Große«, sagte er zu mir, als ich in die Küche kam, »hast du schlecht geschlafen?«

»Vor Klassenfahrten schläft man nie gut«, antwortete Mama, und ich war froh, dass sie für mich sprach.

»Nimm dir ordentlich!« Papa hielt mir die Pfanne mit dem Rührei hin. »Das ist jetzt ja für eine Woche das letzte Mal, dass du etwas Vernünftiges zu essen kriegst.«

»Aber wenigstens«, sagte Mama zufrieden und füllte den ersten von ungefähr hundert Plastikbehältern mit meinem Proviant, »wenigstens auf dem Weg hast du noch was Ordentliches.«

Ich wunderte mich, dass ich überhaupt essen konnte nach der ganzen Aufregung in der Nacht, aber ich mampfte mein Brötchen mit Rührei und trank meinen Saft, während Mama die Plastikdosen in meinem Rucksack verstaute.

Und schließlich war es acht, Papa rollerte den Koffer zum Auto und ich setzte meinen Rucksack mit all den gesunden Essensvorräten auf – viele Gramme zusätzlich und jedes einzelne wahrscheinlich unfassbar schädlich für den jugendlichen Rücken. Ich musste ein bisschen grinsen.

Mama sah mich liebevoll an. »Freust du dich auf die Reise?«, fragte sie.

»Klar«, sagte ich und das stimmte. Es stimmte, obwohl mir der Hals eng war bei dem Gedanken, dass jetzt mein Bruder neben mir stehen könnte und wir die Klassenfahrt zusammen machen würden – wenn alles gut gegangen wäre, damals vor zwölf Jahren. War es aber eben nicht.

* * *

Vor der Schule parkte mit offener Gepäckklappe der Bus mit der Aufschrift *Nord Reisen*. Papa schob meinen Koffer ins Gepäckfach, Mama begann mit dem Busfahrer, der neben der Tür stand und eine Zigarette rauchte, ein Gespräch über das Wetter.

»Betrunken scheint er nicht zu sein«, flüsterte sie Papa danach zu. »Gott sei Dank. Aber müde sieht er aus!« Ihre Stimme wurde flatterig. »Es passiert ja so viel mit diesen übernächtigten Busfahrern!«

»Schsch«, wisperte Papa, »lass ihn das nicht hören, sonst wird er nervös und baut erst recht einen Unfall!« Papa trat unauffällig gegen einen der Reifen. »Immerhin scheint wenigstens der Reifendruck zu stimmen.«

»Ich muss dann jetzt noch zu Heinzi und mich abhaken lassen«, sagte ich schnell, bevor meine Eltern den ganzen Bus auseinandernehmen konnten. Sie sind wirklich oft megapeinlich. Zu Hause fällt mir das meistens gar nicht so auf. Aber hier, so vor allen anderen ... Ich umarmte Papa, ich umarmte Mama und versprach, nicht von hinten an die Pferde auf Juist heranzugehen, denn dann, das hatte Papa mir ausführlich erklärt, keilen sie aus. Wir fuhren ja nach Juist, da gibt es keine Autos, nur Pferdefuhrwerke.

Heinzi, unsere Lehrerin Frau Heinzelmann, wuselte mit der Klassenliste in der Hand zwischen Eltern und Schülern herum. Sie konnte nur deswegen einigermaßen den Überblick behalten, weil sie wie immer so hohe Hacken anhatte, dass die Schuhe fast höher waren als sie selbst.

»Luise«, murmelte sie und machte hinter meinem Namen einen Haken. »Genau – und da drüben sind auch Anna und Emilie. Jetzt fehlt nur noch Viktor. Wenn der diesmal wieder zu spät kommt, MUSS ich ihn töten!«

Herr Grün, unser zweiter Klassenlehrer, grinste sie an. »Nee«, sagte er, »das ist zu milde. Ich bin für Tischdienst.«

Wir haben Glück mit unseren Klassenlehrern. Dafür, dass sie Lehrer sind, sind sie echt in Ordnung. Grüni ist so lustig, dass wir manchmal gar nicht mitkriegen, dass das Unterricht ist, was wir bei ihm machen. Und Heinzi mag uns richtig gern, das merkt man. Auch wenn sie in Englisch immer wieder sagt, den Nächsten, der in der dritten Person Singular das S vergisst, den wirft sie persönlich den Krokodilen vor.

»So«, rief sie jetzt, »können bitte mal die, die mitfahren wollen, in den Bus steigen? In fünf Minuten geht's los! Hat jemand was von Viktor gehört?«

Alle schüttelten den Kopf. Ich machte es mir mit Aylin und Lena auf einem Viererplatz gemütlich, wie immer, wenn auf Ausflügen und Klassenfahrten genug Platz im Bus ist. Aber diesmal fühlte es sich nicht richtig an, dass der vierte Sitz leer blieb. Dort hätte jemand sitzen sollen, jemand mit wuscheligen Haaren und lustigen Augen und einem Skateboard im Rucksack …

Vor dem Bus ging Heinzi nervös auf und ab. Sie faltete die Klassenliste auf und zu, tippte eine Nummer in ihr Handy, horchte, steckte es wieder in die Tasche.

»Gleich springt sie aus ihren Schuhen!« Lena kicherte.

Aber Aylin lachte nicht. »Ich find das echt doof von Viktor«, sagte sie. »Wir beeilen uns alle und stehen extra früh auf, und der kommt einfach, wann er will!«

Aylin hält sich an Regeln. Jedenfalls an die, die sie richtig findet, und die meisten findet sie richtig. Nur, dass man seine Freundin nicht abschreiben lassen darf, das findet sie nicht richtig, und genau das ist der Grund, warum Lena die letzten zwei Mathearbeiten geschafft hat.

Lena kommt in der Schule nur gerade eben so mit, weil es keine Noten dafür gibt, wenn man lieb ist und lustig und sieben Sorten Muffins backen kann und bunt marmorierte Geburtstagskuchen. Noten gibt es bloß für Mathe und Englisch und solche Sachen, dabei ist das andere doch viel wichtiger. Zum Glück ist Lena trotzdem immer versetzt worden, und wir konnten in einer Klasse bleiben, zum Glück, denn wir sind Freundinnen, seit wir zusammen im Kindergarten waren.

Aylin ist erst seit einem Jahr meine Freundin. Viele in der Klasse mögen sie nicht besonders, weil sie eine Menge Sachen weiß, die viele nicht wissen, und das lässt sie halt manchmal ein bisschen raushängen. Sie meint das nicht böse. Sie denkt, die anderen müssten sich freuen, wenn sie ihnen erklärt, welche Körpertemperatur das Murmeltier beim Winterschlaf hat oder wer der dritte Präsident der Bundesrepublik war. Aber die freuen sich überhaupt nicht.

Zuerst dachte ich auch, Aylin wäre einfach nur blöd und eingebildet. Aber dann kam ich einmal nach der Schule ins Mädchenklo, und da war sie und hat total geweint und gesagt, sie würde alles, was sie weiß, sofort – zack – in das Klo hier schmeißen, wenn die anderen nur ein bisschen netter zu ihr wären, und sie könnte doch nichts dafür, dass sie so ist, wie sie ist.

Das hab ich eingesehen. Und obwohl immer noch Lena meine allerbeste Freundin ist, haben wir Aylin sozusagen adoptiert.

Steffi Rotzauge meint, wir sind alle drei so was von uncool, eine immer uncooler als die andere. »Aber erstens stimmt das nicht, und zweitens, wenn man zu dritt uncool ist, dann ist man schon wieder cool«, sagt Aylin.

Es war Viertel vor neun, als Viktor endlich angeschlufft kam. »Viktor, echt«, rief Heinzi so laut, dass wir es im Bus hörten. »Deinetwegen verpassen wir jetzt vielleicht die Fähre!«

Viktor schob sich in den Bus. »Tut mir leid«, murmelte er. Es klang wie »Tummelei«, weil Viktor den Mund nicht aufkriegt beim Sprechen. Viktor ist immer irgendwie im Energiesparmodus: Er geht langsam, er sitzt und steht krumm wie ein Fragezeichen, er sagt nichts, wenn es nicht unbedingt sein muss, und man hat den Eindruck, dass es ihm sogar zu anstrengend ist, die Augen richtig aufzumachen. Mit einem Schnaufer ließ er sich auf den freien Sitz neben Aylin fallen, genau auf den Sitz, wo ganz jemand anderes hätte sitzen sollen, und zog sich die Kapuze übers Gesicht.

›Ausgerechnet Viktor‹, dachte ich.

Vergessen und wieder dran denken

Wenn man verreist, auch wenn es kein richtiger Urlaub ist, sondern bloß eine Klassenfahrt, dann ist es immer ein bisschen so, als wäre man jemand anders, finde ich. Nach der Fahrt mit dem Bus und der Fähre und dem Abendessen in der Jugendherberge, wo ich mich so mit weißen Nudeln und schmadderigem Schokoladenpudding vollgestopft hatte, dass ich kaum noch gehen konnte, fiel mir am Strand plötzlich wieder ein, dass ich Luise bin. Ich hatte das wirklich total vergessen. Ich hatte vergessen, dass ich in Batenbüttel wohne und die Mathearbeit noch nicht zurückhabe und in zwei Wochen das Konzert ist.

Und für ein paar Stunden hatte ich sogar Felix vergessen.

Ich stand am Strand mit den anderen, an diesem ersten Abend, die Wellen wuschten ans Ufer, in meinen Turnschuhen kribbelte schon ein bisschen Seesand. Und ich fragte mich, wie ich es fast ein ganzes Jahr ohne das Meer ausgehalten hatte, so schön war es. Dabei hatte ich seit unserem letzten Urlaub in Holland kein einziges Mal an das Meer gedacht, und das konnte ich jetzt gar nicht mehr verstehen. Riesenblau war es und glitzerte, ein bisschen wie das Wasser aus Glanzpapier in der Augsburger Puppenkiste.

»Man hat das Gefühl, man könnte sich draufstellen und einfach loslaufen«, sagte Lena.

Ich nickte. Es passiert oft, dass die eine von uns genau das sagt, was die andere auch gerade gedacht hat. Wahrscheinlich ist das so, wenn man schon seit dem Kindergarten Freundinnen ist.

Ich überlegte, ob ich ihr das mit Felix sagen sollte, denn bisher haben wir uns immer alles erzählt. Aber dann dachte ich: ›Es nützt ja nichts, ich kann ihn sowieso nicht wieder lebendig machen. Und vielleicht ist das ein gutes Zeichen, dass ich so viele Stunden nicht an ihn gedacht habe. Vielleicht kann ich ihn einfach wieder vergessen, so wie ich andere traurige Sachen mit der Zeit vergessen habe.‹ Wie damals, als mein Kaninchen gestorben ist, und ich hatte zuerst das Gefühl, ich kann nie wieder froh werden. Ein Bruder ist zwar etwas anderes als ein Kaninchen, aber mein Kaninchen hatte ich schließlich vier Jahre und Felix hatte ich nie.

Es klappte auch ganz gut. Die ersten drei Tage klappte es ziemlich gut. Am vierten Tag fuhren wir zu den Robbenbänken. Seehunde sind meine Lieblingstiere und die Robbenbänke waren für mich das Wichtigste an der ganzen Klassenfahrt. Wir hatten in der Schule ja abgestimmt, wohin wir die Klassenfahrt machen wollten, und als Heinzi gesagt hat, wenn wir nach Juist fahren, dann gibt es natürlich auch einen Ausflug zu den Robbenbänken, da war für mich die Sache klar. Steffi und Michelle und Chantal haben für München gestimmt, weil sie da shoppen gehen wollten, aber zum Glück war die Mehrheit für Juist. Und jetzt standen wir ganz vorne auf dem Schiff und kamen den Robbenbänken immer näher. Ich war so aufgeregt, dass ich fast von Bord gesprungen und vorausgeschwommen wäre.

»Da«, rief Lena, »da vorne, da sind sie!«

Ich hatte natürlich mein Fernglas mitgenommen, das Papa mir zum Geburtstag geschenkt hatte, und als ich fast jedes Schnurrbarthaar von den Seehunden durch das Fernglas sehen konnte, war ich total froh, dass ich einen Papa habe, der nützliche Sachen schenkt. Auch wenn ich die Strickleiter natürlich im Koffer gelassen hatte, denn es hatte die ganze Zeit noch kein einziges Mal gebrannt in der Jugendherberge.

Aber das Fernglas war wirklich toll, es war, als stünde ich genau neben den Seehunden und könnte sie anfassen und streicheln. Ich habe bestimmt eine Million Fotos gemacht.

Und gerade als ich mich so freute, dass ich das sehen konnte, und weiter am Fernglas drehte, damit ich vielleicht NOCH eine schärfere Einstellung erwischen konnte, da sagte Aylin: »Guck mal, Luise, die Robben – die haben alle keine Geschwister, genau wie du, und denen geht es richtig gut. Da wird immer nur ein Junges geboren, jedenfalls meistens, denen frisst wenigstens keiner den letzten Fisch weg. Neulich hat mir Lucca ...« Lucca ist Aylins kleiner Bruder.

Ich merkte, wie mein Plan – mein Plan, dass ich nicht mehr an Felix denken wollte – zerbröselte wie eine Sandburg, wenn die Flut kommt.

* * *

Ich redete und lachte mit Aylin und Lena, ich aß abends weißen Reis mit Hühnerfrikassee, ich kreischte, als Christian und Shikun auf unserer Nachtwanderung aus den Büschen gerast kamen, in Bettlaken gehüllt und mit Taschenlampen im Mund. Aber die ganze Zeit war es, als ob nur ein Teil von mir wirklich dabei war. Der andere Teil war mit Denken beschäftigt.

Ich dachte gar nicht so sehr an Felix selber. Doch, natürlich dachte ich auch an Felix und all die schönen und lustigen Sachen, die wir zusammen hätten machen können. Aber vor allem dachte ich an Papa und Mama mit ihren Schals und Strickleitern und Feuerlöschern und ihrer Panik vor Lungenentzündung und Erkältungen und betrunkenen Busfahrern. Immer und immer hatten sie Angst um mich, und vor lauter Angst, ich könnte traurig werden, hatten sie mir etwas so Wichtiges – oder vielmehr jemand so Wichtigen wie meinen Bruder – einfach nicht erzählt! Wer weiß, was sie mir sonst noch alles nicht erzählen! Wütend knuffte ich mein Kopfkissen zurecht.

»Was schnaufst du so?«, fragte Aylin, die vom Klo zurückkam. »Alles okay bei dir?«

Ich stand auf und ließ Wasser in mein Zahnputzglas laufen. »Kann nicht schlafen«, murmelte ich. »Ist so heller Mondschein.«

Aylin kuschelte sich wieder in ihr Bett und gähnte. »Solltest du aber. Es ist nach zwölf. Morgen um sieben ist Wecken, wir müssen um halb neun am Bus sein.«

Ich nickte, setzte das Glas an und trank. Über den Rand des Glases fiel mein Blick durch den Spalt in den Vorhängen auf den mondhellen Rasen vor unserem Fenster. Und da ...

»Aylin!«, flüsterte ich. »Komm mal schnell, da draußen ist jemand!«

Aylin sprang mit einem Ruck aus dem Bett. Es quietschte und wackelte.

Lena fuhr aus dem Schlaf hoch. »Ey, was soll das? Schmeißt du jetzt hier das Bett um oder was?«

»Da draußen ist jemand«, wiederholte ich.

Vorsichtig zogen wir die Vorhänge ein bisschen weiter auf. »Das ist doch – das ist Viktor!«, rief Lena verblüfft. »Wie kommt der denn um die Zeit nach da draußen?«

»Und vor allem«, setzte Aylin hinzu, »wie kommt der wieder rein? Wenn Heinzi das merkt, dann kriegt er RICHTIG Ärger!«

Lena und ich nickten. Heinzi ist superlieb, aber wenn wir etwas machen, was für uns selber gefährlich ist, dann wird sie zum Tier. Ein bisschen wie meine Eltern, eigentlich. Und gefährlich würde sie das bestimmt finden, dass Viktor bei Nacht und Nebel allein aus der Jugendherberge schlich und nicht wieder reinkonnte.

Viktor rüttelte an der Eingangstür, schüttelte den Kopf und musterte mit ratlosem Blick die dunkle Fassade der Jugendherberge.

Leise öffnete ich das Fenster. »Viktor! Hey, Viktor! Was machst du denn da draußen?« Viktor zuckte zusammen.

»Hier oben!«, flüsterte ich, gerade so laut, dass er es noch hören konnte, und leise genug, dass wir hoffentlich niemanden weckten. Als er uns am Fenster stehen sah, entspannte er sich ein bisschen.

»Gar nix mach ich hier«, sagte er schnell. »Ich musste noch … äh … ich musste noch raus. Und jetzt komm ich nicht mehr rein. Die Eingangstür ist abgeschlossen.«

»Natürlich ist sie abgeschlossen!«, zischte Aylin. »Die ist doch immer ab elf abgeschlossen!«

Viktor zuckte mit den Schultern. »Jaaa«, murmelte er lang gezogen. »Hab halt gedacht … Ich dachte, ich bin rechtzeitig wieder zurück. Hat länger gedauert. Kann ich nicht durch euer Zimmer wieder rein?«

»Mensch, wir sind im ersten Stock!«, wisperte Lena. »Wie willst du denn hier hochkommen? Bist du Spiderman oder was?«

Viktor nagte an seiner Unterlippe. »Könnt ihr mir nicht 'n Betttuch runterlassen oder so?«

»'n Betttuch!« Aylin tippte sich an die Stirn. »Das sind doch alles Spannbettlaken, du Vollhorst! Die sind nie im Leben lang genug! Außerdem werden die total dreckig an der Mauer und wir kriegen nachher den Ärger!«

Und da fiel mir mein Geburtstagsgeschenk ein. Komisch eigentlich, dass es mir jetzt erst einfiel. Denn für solche Fälle hatte Papa ja vorgesorgt. Na ja, nicht gerade für genau SOLCHE Fälle, aber …

»Viktor, warte mal«, flüsterte ich, »ich lass dir meine Strickleiter runter!«

Viktor sah aus, als wäre ihm plötzlich ein Stück Mond auf den Kopf gefallen. »Wa…Was?«

Lena prustete los. »Du hast eine Strickleiter? Hier? Ich glaub's nicht. Wieso hast du denn 'ne Strickleiter dabei?«

»Ach, nur so«, sagte ich leichthin, als wäre das normal, dass man eine Strickleiter im Koffer hat, so wie andere Leute ihr Kuscheltier oder ihre Zahnbürste.

Wir befestigten die Strickleiter an meinem Bett, kontrollierten noch mal, ob sie auch wirklich fest saß, und ließen sie zu Viktor hinunter. Viktor stand da und sah die Strickleiter an, als wäre sie eine Riesenschlange, die ein Magier mit Flötenmusik aus seinem Turban gezaubert hat.

»Kommst du jetzt hoch oder nicht?«, rief Aylin leise. »Wir wollen irgendwann auch mal wieder schlafen!«

Viktor schüttelte sich, strich sich über die Stirn, ergriff die unterste Sprosse und fing an, sehr schnell und sehr geschickt zu klettern. Ich hätte nie gedacht, dass er so sportlich ist. Er zog sich aufs Fensterbrett und sprang ins Zimmer. Es rumste leise, als er landete.

»Uff«, pustete er und zog vorsichtig die Strickleiter ins Zimmer. »Das war knapp! Echt nett von dir, Luise!«

»Was schleichst du auch mitten in der Nacht draußen rum?«, schimpfte Aylin.

»Musste telefonieren«, sagte Viktor und hielt sein Handy hoch. »Hier war kein Netz.«

Aylin fielen fast die Augen aus dem Kopf. Man merkte, dass sie Viktor am liebsten durch das Fenster wieder hinaus vor die Jugendherbergstür gekickt hätte. »Wir dürfen keine Handys mitnehmen«, fauchte sie. »Das weißt du ganz genau! Du kannst doch nicht einfach machen, was du willst! Wir haben alle keine mitgenommen!«

»Ich muss Kontakt halten«, sagte Viktor.

»Wie, Kontakt halten?«, fragte ich.

»Zu jemandem ... äh ... zu Hause.« Er steckte sein Handy in die Hosentasche. Und obwohl wir dastanden wie die drei Fragezeichen, war das alles, was er dazu sagte. »Also vielen Dank noch mal«, murmelte er. »Das war wirklich total nett von euch. Super Idee mit der Strickleiter, Luise.«

Er öffnete die Zimmertür, warf einen vorsichtigen Blick nach rechts und links und schlich den Flur runter zur Treppe. Aylin machte leise die Tür hinter ihm zu.

»Ich glaub es nicht!« Lena kicherte. »Viktor hat eine Freundin!«

»Meinst du?«, fragte ich. Bei Viktor konnte ich mir das überhaupt nicht vorstellen.

»Na ja, mit wem soll er denn sonst wohl Kontakt halten um zwölf Uhr nachts?«

Ja, mit wem? Ich dachte so doll darüber nach, als ich wieder im Bett lag, dass ich sogar fast vergaß, wie sehr ich mich über Papa und Mama ärgerte. Aber natürlich kam ich nicht drauf, wie auch? Und es sollte noch ziemlich lange dauern, bis ich es rauskriegte.

Erst mal fuhren wir nach Hause. Die Schule fing wieder an und ich fand den Flyer.

Mauern, Kreidestriche und bunte Lichter

Der Flyer lag ganz harmlos auf dem Tisch im Schulflur, wo sich immer dieses Informationsmaterial für Schüler stapelt, über Soziales Jahr und Au-pair und Amerika-Austausch und Sportvereine. Ich nahm ihn eigentlich nur mit, weil wir in Kunst Collagen machten und ich vergessen hatte, alte Zeitungen mitzubringen. So raffte ich zwei Infobroschüren *Wohin nach dem Abi*, den Katalog *Austausch nach Amerika* und ebendiesen Flyer an mich und rannte zum Kunstraum.

Kunst ist mein Lieblingsfach. Man sitzt ganz unter dem Dach in einem Klassenzimmer, das total verwinkelt ist, aber trotzdem hell und weiß. Der Raum geht um mehrere Ecken, und in der hintersten Ecke sitze ich immer mit Aylin und Lena wie in einem kuscheligen Stübchen, und wir malen oder tuschen oder schnippeln, und natürlich dürfen wir uns dabei unterhalten, und es ist so gemütlich!

»Lasst euch inspirieren!«, rief Frau Ott, unsere Kunstlehrerin, und dabei breitete sie die Arme aus, als wollte sie die Inspiration persönlich an die Brust drücken. Das I von inspiriiiiieren war genauso lang wie der Abstand zwischen ihren Händen. »Das Material ist SCHON da! Horcht darauf, was es zu euch sagt!«

Lena grinste, legte ihre Hand hinters Ohr und beugte sich hinunter zu ihren Zeitungen. Und als wir so unsere

Papiere durchblätterten und zu hören versuchten, was sie uns wohl zu sagen hätten, da war da eben auf einmal dieser Flyer. *Jugendtheater Imagino. Neue Theaterkurse für Kinder und Jugendliche. Anmeldung ab sofort.* Und in derselben Sekunde, es war merkwürdig, hörte der gesamte Papierstapel auf meinem Platz auf, zu mir zu sprechen – eigentlich hatte er noch gar nicht damit angefangen, wenn ich ehrlich bin –, und wer da zu mir sprach, das war nur noch dieser Flyer.

»Komm, mach mit!«, flüsterte er. »Das wär doch toll! Das wär doch SO lustig! Theaterspielen – au ja!«

Ich weiß natürlich, dass Flyer nicht sprechen können. Ich bin ja nicht verrückt. Aber genau das war es, was ich hörte.

»Guckt mal«, sagte ich zu Lena und Aylin, »da gibt es Theaterworkshops für Schüler – sollen wir da nicht zusammen hingehen?«

Lena schob den Flyer über ihre Collage, die schon fast fertig war. Kunst ist das einzige Fach, in dem Lena richtig gut ist. »Das ist in Bahrenfeld«, sagte sie. »Wie sollen wir denn nach Bahrenfeld kommen? Da sind wir ja Stunden unterwegs!«

»Stunden nicht«, berichtigte Aylin, »aber eine Stunde bestimmt, mit Umsteigen. Und nee, du – ich hab Klavier und zweimal die Woche Mathe-Begabtenförderung, da kann ich nicht noch einen Nachmittag was machen.«

»Und ich hab zweimal die Woche Mathe-Nachhilfe«, seufzte Lena, »nicht, dass es was nützt … Nee, das wird mir auch zu viel mit noch einem Nachmittag. Tut mir echt leid, Luise!«

Und damit war das Thema erst mal vom Tisch, im wahrsten Sinn des Wortes, denn die Stunde war zu Ende und wir mussten unsere Tische aufräumen. Ich steckte den Flyer zwar in meine Hosentasche und warf ihn nicht mit dem anderen Papier in den Mülleimer. Aber da, in meiner Hosentasche, wäre er wahrscheinlich geblieben und Mama hätte ihn vor dem Waschen rausgenommen und weggeschmissen, wenn ich nicht auf dem Weg vom Bus nach Hause Frau Krauseminz getroffen hätte.

Sie kam mir mit energischen Schritten entgegen, in der einen Hand den Schirm, den sie immer mitnimmt, auch bei strahlendem Sonnenschein, in der anderen den Griff von ihrem Hackenporsche.

»Na«, sagte sie. »Schule geschafft für heute?«

Ich nickte.

»Jakob kommt jetzt bald auch aufs Gymnasium«, sagte Frau Krauseminz stolz. Jakob ist ihr Enkel, und sie sagt immer, er wäre das beste Schnäppchen, das sie im Leben überhaupt hätte machen können.

Jakobs Papa kommt aus Ghana. Einmal hat Frau Bernsen, die schlimmste Klatschbase in Batenbüttel, Frau Krauseminz so ganz scheinheilig gefragt, wie denn das für sie wäre mit dem schwarzen Schwiegersohn. Mama hat es gehört, weil sie alle drei in der Schlange bei Aldi in Rahlhausen standen. Da hat Frau Krauseminz Frau Bernsen so ganz scharf angeschaut und mit ihrer tiefen Stimme gedröhnt: »Besser eine schwarze Haut als ein schwarzes Herz.« Frau Bernsen ist knatschrot geworden, hat Mama erzählt. Sie hat ein paarmal den Mund auf- und zugeklappt wie ein Karpfen und kein Wort mehr gesagt.

Ich mag Frau Krauseminz, mit ihrem Hackenporsche und ihren Reklameblättchen und ihren Geschichten von Jakob.

Leider riecht sie immer sehr stark nach etwas, Seife oder Puder oder Parfum, ich weiß nicht genau, jedenfalls muss ich davon immer niesen und meine Nase fängt an zu laufen. Ich hab Mama das nie gesagt, weil sie mich sonst sofort zu allen möglichen Allergietests schickt, und ich kann mir ja einfach die Nase putzen, wenn ich mit Frau Krauseminz spreche.

Ich habe also mein Taschentuch rausgezogen, um mich zu schnäuzen, und dabei ist der Flyer rausgefallen. Frau Krauseminz hat sich gebückt und ihn – zack! – mit einem einzigen Griff aus der Luft geschnappt, noch bevor er zu Boden fallen konnte.

»Wofür ist das denn Reklame?«, fragte sie. »Lass mal sehen!«

»Das ist Reklame für einen Theaterworkshop«, erwiderte ich.

»Theaterworkshop!«, schnaufte Frau Krauseminz entzückt und streichelte den Flyer, bevor sie ihn mir zurückgab. »Goldig!« Frau Krauseminz sagt nie toll oder super, wenn sie etwas besonders gut findet. Sie sagt goldig. Eigentlich sagt sie goldisch.

»Wenn's doch so was in meiner Jugend gegeben hätte! Du gehst doch hin, oder?«

Ich schob mein Taschentuch zurück in die Hosentasche und zuckte mit den Schultern. »Ich weiß noch nicht. Meine Freundinnen haben keine Lust.«

»Wie, deine Freundinnen haben keine Lust?«, rief Frau Krauseminz. »Aber du, hast du denn Lust?«

»Ich schon«, sagte ich. »Irgendwie schon.« Je mehr ich darüber nachdachte, desto mehr Lust bekam ich. »Ziemlich doll sogar. Ich weiß allerdings nicht, ob ich's kann, das mit dem Theater.«

»Man weiß nie, ob man's kann, bevor man's versucht! Und wenn deine Freundinnen keine Lust haben, dann gehst du eben allein!« Frau Krauseminz schwang unternehmungslustig ihren Schirm. »Das ist sowieso interessanter. Man muss auch mal neue Leute kennenlernen!«

Ich faltete den Flyer zusammen, dann wieder auseinander und betrachtete sehnsüchtig die Aufschrift. *Theater Imagino. Neue Kurse! Anmeldung ab sofort!* Es war, als hätten die Buchstaben bunte blinkende Lämpchen, wie Karussells auf dem Jahrmarkt.

»Ja, aber es ist so weit weg«, seufzte ich dann. »In Bahrenfeld! Wie soll ich da hinkommen?«

»Es gibt doch Bus und Bahn!«, sagte Frau Krauseminz empört. »Du machst dir Mauern, wo bloß Kreidestriche sind! Du fährst einfach gleich von der Schule aus hin, da bist du doch schon halb da.«

»Hm, ja«, murmelte ich, »aber nach der Schule bin ich immer so müde und dann kann ich ja gar nicht Mittag essen.«

Ich wusste selber nicht, warum mir ein Grund nach dem anderen einfiel, dass es schwierig werden würde mit dem Theaterkurs.

Frau Krauseminz rollte mit den Augen. »In deinem Alter«, dröhnte sie und stach mit ihrem dicken kurzen Zeigefinger in die Luft, »1945, da bin ich von Berlin-Schöneiche nach Ratzeburg in Schleswig-Holstein gelaufen. Zu Fuß! Was meinst du, wie ich mich gefreut hätte, wenn ich gemütlich mit dem Bus hätte fahren können! Und regelmäßig Mittagessen hab ich auch nicht gekriegt, das kannst du mir glauben! Ich war so dünn, mich hättest du durch ein Nadelöhr fädeln können!«

Es fiel mir schwer, mir vorzustellen, dass man Frau Krauseminz durch ein Nadelöhr hätte fädeln können. Aber ich verstand, was sie sagen wollte.

»Meinst du, ich würde jemals ein Schnäppchen erwischen, wenn ich zu Hause auf meinem Hintern sitzen bleiben würde und drauf warten, dass es mir jemand vorbeibringt? Wer nicht wuselt, erlebt auch nichts Schönes!«

»Hm«, machte ich.

Frau Krauseminz schloss ihre Hand um den Griff ihres Einkaufswägelchens.

»So – ich muss los, sonst sind hinterher die Läden zu und ich bin umsonst losgetobt. Tschüss. Und wehe, du machst das nicht mit dem Theater! Ich seh doch, wie gern du das möchtest!«

Frau Krauseminz drehte sich mit einem Ruck um und stiefelte los, Richtung Wäldchen und Rahlhausen. Hinter ihr holperte ihr Hackenporsche. »Kreidestriche«, rumpelte er. »Kreidestriche. Kreidestriche!«

✳ ✳ ✳

Ich muss wohl nicht extra sagen, dass Papa und Mama nicht gerade begeistert waren, als ich ihnen erzählte, dass ich einmal in der Woche zum Theaterworkshop nach Bahrenfeld wollte. Es war in unserer Kuschelecke im Wohnzimmer, wo die beiden kleinen Sofas sich gegenüberstehen. Papa und Mama saßen auf dem einen Sofa, ich auf dem anderen. Sie saßen da, hielten Händchen, machten sich Sorgen und hatten Bedenken.

»Bahrenfeld!«, quietschte Mama. »Ich kann dich unmöglich jede Woche nach Bahrenfeld fahren und wieder abholen!«

»Ich fahre allein«, sagte ich.

»Allein? Da bist du doch Stunden unterwegs!«

»EINE Stunde«, protestierte ich. »Es gibt doch Bus und Bahn! Und hin fahre ich gleich von der Schule aus, da bin ich schon halb da! Als Frau Krauseminz in meinem Alter war, ist sie ZU FUSS von BERLIN NACH RATZEBURG gelaufen. Zu Fuß!«

»Aber dann hast du ja gar kein ordentliches Mittagessen!«, jammerte Mama.

»Ich nehm mir was zu essen mit«, sagte ich. »Was Gesundes!«, setzte ich schnell hinzu.

Papa ließ Mamas Hand los und hob abwehrend beide Hände. »Theater!«, rief er. »Ausgerechnet Theater! Das ist doch nichts Seriöses! Wenn es noch Schultheater wäre! Wenn du was Künstlerisches machen willst, dann mal doch was Schönes.«

»Mal doch was Schönes!«, schnaubte ich. »Ich will nichts malen!«

»Solltest du aber«, sagte Papa. »Theater! Und Lena und Aylin kommen auch nicht mit? Dann bist du da ja ganz alleine!«

»Na und?«, rief ich. »Das ist doch interessant, man muss auch mal neue Leute kennenlernen!«

»Auf Leute, die du beim Theater kennenlernst, kannst du gut verzichten«, sagte Papa. »Das ist kein Umgang für dich.«

»Du kennst die doch gar nicht!«, rief ich.

»Nein.« Papa verschränkte die Arme. »Und die will ich auch gar nicht kennenlernen. Es ist wissenschaftlich erwiesen, dass Leute beim Theater …«

Ich rollte die Augen zur Decke.

»Und das wär noch ein Termin!«, stöhnte Mama. »Das wird dir doch viel zu viel!«

»Wer nicht wuselt, erlebt auch nichts Schönes!«, rief ich. »Ihr seht echt immer total hohe Mauern, wo nur Kreidestriche sind!«

»Kreidestriche …«, murmelte Mama und guckte mich an, als hätte sie mich noch nie gesehen. »Das sind keine Kreidestriche, Luise! Bahrenfeld ist auch echt ein gefährliches Pflaster! Erst neulich habe ich in der Zeitung gelesen – was war es nur – irgendwas Schreckliches. Nein, Luise, es tut mir leid, aber das geht wirklich nicht. Wir sind schließlich dafür verantwortlich, dass dir nichts passiert. Wenn du selber Kinder hast, wirst du das verstehen.«

Ich war noch nie so wütend auf Papa und Mama gewesen.

Fast perfekte Flunkereien

Ich war immer noch wütend, als ich mit Lena und Aylin in der Kantine saß. Ich war so wütend, dass ich sozusagen Feuer spuckte.

»Sie erlauben es mir nicht!«, fauchte ich und rammte die Gabel in das Würstchen auf meinem Teller. »Und ich habe solche Lust dazu! Je mehr ich drüber nachdenke, desto mehr Lust kriege ich. Sie sagen, Bahrenfeld ist zu gefährlich!«

Aylin schnitt ihr Hähnchenschnitzel sorgfältig in genau gleich große Stücke und schüttelte den Kopf. »Bahrenfeld ist nicht gefährlich«, sagte sie mit ihrer vernünftigen Lehrerinnenstimme, »ich habe neulich eine Verbrechensstatistik gelesen. Wandsbek ist viel gefährlicher. Und da lassen sie dich sogar zur Schule gehen! Warte mal, auf tausend Einwohner kommen im Jahr …« Aylin fing an, die Verbrechen an den Fingern abzuzählen.

Ich schüttelte den Kopf. »Du kennst doch meine Eltern. Als ich klein war und laufen lernte, da haben sie ein ganzes Zimmer mit Matratzen ausgepolstert, damit ich mir nicht wehtat, wenn ich umfiel. Und da würden sie mich am liebsten immer noch reinsetzen. Denen kannst du nicht mit Statistik kommen.« Ich seufzte gereizt. »Und Papa sagt außerdem, das wären komische Leute beim Theater. Das wär kein Umgang für mich.«

Lenas runde Augen wurden noch runder. »Wie, kein Umgang?«, fragte sie.

»Er meint«, erklärte Aylin, die alle Ausdrücke kennt, »er meint, das sind keine netten Leute beim Theater und mit denen sollte Luise nicht zusammen sein.«

Lena schnaubte. »So 'n Quatsch! Wie kann er das sagen? Er kennt die doch gar nicht, die beim Theater!«

Ich zuckte mit den Schultern. »Das hab ich ihm ja auch gesagt. Nix zu machen. Ich weiß auch nicht, was er hat!«

Lena schob ihren Teller zurück. »Also, ich finde«, rief sie und fieselte den Deckel von ihrem Puddingbecher, »wenn du das so gern willst, dann gehst du trotzdem hin und sagst es ihnen einfach nicht! Du machst doch nichts Schlimmes. Ist ja nicht so, als ob du kiffst oder Banken ausraubst oder klaust oder so.«

»Wie stellst du dir das vor?«, fragte ich. »Das ist jede Woche Mittwoch, das merken sie doch, wenn ich jeden Mittwochnachmittag weg bin. Mal einen Nachmittag, ja, das geht. Aber bestimmt nicht jede Woche.«

Lena zog die Augenbrauen zusammen und rührte nachdenklich in ihrem Pudding. Dann beugte sie sich vor und hob langsam den Kopf. »Sie würden es dir erlauben, wenn es eine Schulveranstaltung wäre«, sagte sie leise, »stimmt's? Eine AG oder so.«

Ich überlegte. »Ja, wahrscheinlich schon.«

Lena nickte. »Hab ich mir gedacht. Dann sag doch … äh …« Sie klemmte ihre Zungenspitze zwischen die Zähne, wie sie das macht, wenn sie konzentriert nachdenkt.

»Sag doch, du gehst zur Film-AG am Mittwochnachmittag. Mittwochs ist wirklich Film-AG, das steht sogar im Info-blatt für die Eltern. Und die macht Grüni, die Film-AG.« Lena richtete triumphierend ihren Zeigefinger auf mich. »Deine Eltern mögen Grüni. Alle mögen Grüni.«

Die Gabel fiel mir aus der Hand und versank langsam im Kartoffelbrei. Ich habe ja schon gesagt, dass Lena in der Schule nicht besonders gut ist. Aber im wirklichen Leben, da hat sie oft ziemlich gute Ideen.

»Das ist genial«, flüsterte ich.

Aylin sah Lena und mich streng an. »Es ist allerdings ge-schwindelt«, sagte sie langsam.

Lena rollte mit den Augen und trommelte mit den Fin-gern auf die Tischplatte.

»Aber erstens«, fuhr Aylin fort, »ist es eine Notlüge. Und zweitens ist es eine Lüge, die niemandem schadet. Und drittens ist es so perfekt geschwindelt, dass es schon fast wieder wahr ist.«

* * *

»Perfekt geschwindelt.« Aylin hatte gut reden. Aber es ist ein Unterschied, ob man etwas plant oder ob man es dann auch macht.

In unserer Familie sagen wir die Wahrheit. Das hatten Papa und Mama mir beigebracht. Sie machen ein großes Ding daraus, von wegen Vertrauen und so. Und deswegen habe ich ein ziemlich schlechtes Gewissen, wenn ich doch mal ein Geheimnis vor ihnen habe, vor allem, weil sie so lieb zu mir sind und sich immer solche Mühe geben, dass es mir gut geht. Bisher hatte ich immer versucht, ihnen die Wahrheit zu sagen – na ja, fast immer. ›Aber jetzt, jetzt ist das ja wohl was anderes‹, dachte ich. Erstens natürlich, weil ich das so unbedingt wollte mit dem Theater. Und zweitens – ich sah wieder das Album auf dem Speicher vor mir. Was hatten sie denn gemacht!? Mich angelogen über etwas, was wirklich wichtig für mich war! Na gut, nicht direkt angelogen, aber geheim gehalten hatten sie es. Und vielleicht hätte ich es nie rausgekriegt, wenn ich nicht das Album gefunden hätte.

So genau nahmen sie es anscheinend ja doch nicht mit der Ehrlichkeit. ›Und deshalb‹, dachte ich, ›darf ich sie jetzt ja wohl auch ein bisschen anschwindeln. Selbst schuld!‹

59

Trotzdem kann ich leider nicht sagen, dass es mir leicht-fiel. Wenn man sein Leben lang immer nur mitgekriegt hat, wie wichtig das ist, ehrlich zueinander zu sein, damit man sich vertrauen kann, dann hat man beim Schwindeln das Gefühl, dass man eigentlich eine Strafe verdient hat. Nicht gerade den Tod, aber zumindest Tischdienst. Und weil meine Eltern ja nicht wussten, dass ich sie angelogen hatte, und mir deswegen keine Strafe geben konnten – hät-ten sie sowieso nicht, sie wären enttäuscht und traurig ge-wesen, was ja viel schlimmer ist – also damit ich nicht so ein schlechtes Gewissen haben musste, gab ich mir selber Tischdienst zu Hause. Ich deckte den Tisch und räumte ab und stellte Blumen auf den Tisch, die ich auf dem Heimweg vom Orchester im Wäldchen gepflückt hatte. Ich kam mir vor wie Rotkäppchen, nur dass es im Wäldchen natürlich keine Wölfe gibt, wobei das meine Mutter vermutlich nicht gewundert hätte …

Meine Eltern waren gerührt, aber sie fanden es auch ein bisschen komisch.

»Ist irgendwas?«, fragte Papa. »Du hast schon wieder den Tisch gedeckt.«

»Und diese Blumen, die sind ja so süß!«, rief Mama.

»Äh«, stammelte ich. »Ich kann doch mal lieb zu euch sein. Außerdem …«, ich dachte blitzschnell nach, »außer-dem haben wir in der Schule ein Projekt laufen. In PGW. Wichteln im Sommer heißt das. Sommerwichteln. Wir sol-len rausfinden, was passiert, wenn wir besonders nett zu anderen Menschen sind.«

»Das ist ja mal ein tolles Projekt«, sagte Papa. »Da mache ich mit. Und bei Mama fange ich gleich an.« Er malte ein Smiley in die Luft, nahm ein winziges Veilchen aus meinem Strauß und reichte es Mama mit einer Verbeugung.

Aber bevor ich das machte mit dem Tischdienst zu Hause, hatte ich natürlich die Lüge erzählt.

Mein Herz klopfte wie wahnsinnig, mein Gesicht fühlte sich heiß an, und ich hatte das Gefühl, dass es rot war wie eine Herdplatte, die man vergessen hat auszuschalten.

Ich sagte, dass es mittwochnachmittags in der Schule eine Arbeitsgemeinschaft gäbe, eine Film-AG, dass Grüni uns extra eingeladen hätte und dass ich deswegen am Mittwoch gleich in der Schule bleiben, in der Kantine essen und dann noch mit zu Aylin gehen würde. Zu Aylin und nicht zu Lena, obwohl sie meine beste und älteste Freundin ist. Aber sie wohnt zu sehr bei uns in der Nähe, das hätte rauskommen können.

Es ist erstaunlich, was man alles bedenken muss, wenn man einmal anfängt zu flunkern. Ich weiß gar nicht, wie Leute das machen, die viel lügen. Man muss doch ständig aufpassen, dass es nicht rauskommt, dass man sich nicht verplappert, dass alles, was man erzählt, zusammenpasst. Zum Glück habe ich ein ziemlich gutes Gedächtnis und Mama nicht. Sie bringt Namen und Daten und Verabredungen durcheinander und muss sich alles aufschreiben, deswegen konnte ich immer, wenn mal etwas unklar war, behaupten, das hätte ich ihr doch gesagt. Es war fast zu leicht. Komisch, dass manche Sachen kein Problem sind, wenn man sie einfach macht.

Theater Imagino

Ich war schon mal im Theater, im vierten Schuljahr, mit unserer Klasse, als wir dieses eine Piratenstück sahen, für das wir eigentlich zu groß waren. Aber dies war anders. Damals war ich Zuschauerin, aber jetzt, jetzt sollte ich ja selber spielen.

Auf dem ganzen Weg zum Theater grummelte es mir im Bauch. Es war ganz schön weit. Ich musste aufpassen, dass ich in die richtige U-Bahn einstieg und danach die richtige S-Bahn nahm und an der richtigen Haltestelle ausstieg und mir dann den richtigen Weg zum Theater suchte. ›Wär ja wohl megapeinlich‹, dachte ich, ›wenn ich gleich beim ersten Mal zu spät kommen würde, weil ich zu blöd war, die Adresse zu finden!‹ Aber dann sah ich die Elisengasse, und als ich in die schmale Straße einbog, da blinkte mir schon das Theater entgegen. Es blinkte wirklich! *Theater Imagino* stand über dem Eingang und darüber hing eine Kette aus bunten Lämpchen. Ganz so, wie ich es auf dem Flyer gesehen oder vielmehr mir vorgestellt hatte. Die Tür stand offen, und im Flur war ein Pfeil aus hellgrüner Pappe an die Wand gepinnt, der nach oben zeigte. *Zum Theaterworkshop hier entlang! Zweiter Stock, rote Tür.*

Ich zögerte. Noch konnte ich zurück. Und wenn die alle doof und gemein waren in der Theatergruppe? Oder wenn ich mich total blamierte? Oder wenn das in Wirklichkeit überhaupt keine Theatergruppe war, dort oben im zweiten Stock? »Bahrenfeld ist ein gefährliches Pflaster«, hatte Mama gesagt. Aber dann dachte ich an Aylin und ihre Statistik, und vor allem dachte ich an Frau Krauseminz und ihre Mauern und Kreidestriche und dass man's nur rauskriegt, wenn man's versucht. Ich holte tief Luft und stieg die schmale Holztreppe hinauf. Die Stufen knarrten. Der Putz an der Wand war an einigen Stellen abgebröckelt und bildete seltsame Figuren, Wolken und Berge und verrückte Tiere, die es nicht gibt.

Die rote Tür im zweiten Stock war nur angelehnt. Schon auf der Treppe hörte ich Lachen und Stimmengewirr. Ich ging den Flur entlang, drückte die Tür auf und stand im Theater Imagino.

Es war ein kleines altes Theater. Die Fenster waren ein bisschen schmuddelig, die Wände hätten einen neuen Anstrich gebrauchen können, der Samt auf den Klappsesseln im Zuschauerraum war zerschlissen, die Spiegelwand an der einen Seite war nicht besonders blank und der schwarze Bühnenvorhang war an einer Stelle nicht richtig eingehakt und hing runter.

Trotzdem – oder vielleicht gerade deshalb, ich weiß es auch nicht – fühlte ich mich sofort wohl. Fast, als ob ich nach Hause käme. Nicht zu mir nach Hause natürlich, nach Batenbüttel, sondern an eine andere Art von Zuhause … Verrückt, wo ich doch noch nie in so einem Theater gewesen war!

Allein der Geruch! Es roch nach Staub, nach Schweiß, nach Schminke. Irgendwie spannend roch es und sehr lebendig. Am liebsten hätte ich diesen Duft in eine Flasche gefüllt und mit nach Batenbüttel genommen.

Mitten im Raum stand eine Frau mit strubbeligen roten Pumuckl-Haaren und breitem Lachen, um sie herum vielleicht zwölf Kinder. Mehr Mädchen als Jungs, die meisten ungefähr so alt wie ich, zwei oder drei etwas jünger, ein paar etwas älter.

Alle guckten so, wie ich wahrscheinlich auch guckte: vorsichtig, gespannt, aufgeregt, erwartungsvoll … Ein bisschen so, wie wenn man vor dem Weihnachtszimmer steht und darauf wartet, dass die Glocke klingelt, und gleich, gleich darf man reingehen.

Ich blieb an der Tür stehen.

»Komm rein«, rief die Frau und winkte mir zu. Sie hatte eine fröhliche, laute Stimme.

»Willkommen, ich bin Tilda!« Ich mochte sie sofort. »Das ist jetzt erst mal eine Schnupperstunde«, sagte sie. »Ihr guckt euch das hier in Ruhe an, und wenn es euch gefällt, dann kommt ihr das nächste Mal wieder.«

Für mich war von Anfang an klar, dass ich wiederkommen würde.

* * *

Ich weiß nicht, wann ich es zuletzt so lustig hatte wie an diesem ersten Nachmittag. Wir klebten uns bunte Namensschilder auf unsere T-Shirts und dann ging's los:

Wir standen alle im Kreis und schüttelten uns, erst die Hände und dann die Schultern und dann alles andere. »Je verrückter es aussieht, desto besser«, sagte Tilda. Wir mussten eine saubere Klobürste weiterreichen und uns vorstellen, dass sie – »Ihhh! Igitt!« – supereklig-dreckig ist. Wir gingen durch den Raum und waren abwechselnd Elefanten und Hasen und Leute, die durch einen Sumpf stapfen. Wir waren riesige, megagefährliche Monster und edle Prinzessinnen, die mit viel Gekreisch und »Huch!« und »Bitte nicht!« vor den Monstern wegliefen, bis wir völlig aus der Puste vom Rennen und Lachen und Kreischen waren.

Und weil man an nichts anderes denken kann, wenn man solche Theaterspiele macht, war es ein bisschen so wie auf der Klassenfahrt oder im Urlaub: Als wir nachher im Kreis saßen und von uns erzählen sollten, da war ich ganz erstaunt, als mir wieder einfiel, dass ich Luise bin.

Wer wir sind, sollten wir sagen, warum wir in die Theatergruppe gekommen waren, ob wir schon mal Theater gespielt hatten und was wir uns wünschten von der Theatergruppe.

»Luise?«, sagte Tilda.

»Also«, begann ich, »ich bin Luise. Ich wollte schon immer mal Theater spielen, weil … weil … weil …«

»Ja?«

Tilda legt den Kopf immer ein bisschen schief beim Zuhören, und wenn man ihr etwas erzählt, dann hat man das Gefühl, dass es für sie in diesem Augenblick überhaupt gar nichts anderes und Wichtigeres gibt als genau das, was man ihr gerade sagt.

»Mein … äh … mein … mein Bruder hat schon mal Theater gespielt«, stotterte ich. Ich weiß nicht, wie das so einfach aus mir rausgegluckert ist. Als ich es gesagt hatte, bekam ich richtig einen Schreck und ich wollte schon sagen: ›Nein, Spaß, ich hab gar keinen Bruder‹, da fragte Tilda: »Dein Bruder? Ah, okay. Wo hat der denn Theater gespielt?« Und da hab ich einfach weitergemacht. Ich konnte irgendwie nicht aufhören.

»Äh, das war … äh … in der Schule. Sie haben Tom Sawyer gespielt und … äh … er hat die Hauptrolle. Gespielt. Genau. Er kann nämlich total toll spielen. Es war ein Musical, und er kann auch total toll singen, und er sollte unbedingt die Hauptrolle spielen, weil er Hip-Hop tanzen kann und Breakdance und …«

»Das ist ja der Hammer!«, sagte Tilda. »Und da wolltest du das auch mal versuchen mit dem Theater?«

Ich nickte.

So war das. So einfach.

»Ja«, antwortete ich. »Genau. Weil … er hat gesagt, es macht solchen Spaß, auf der Bühne zu stehen, und er hat richtig viel Applaus gekriegt, er musste sich zehnmal verbeugen und …«

»Super!«, sagte Tilda und lachte.

66

»Wie alt ist dein Bruder denn?«, fragte das Mädchen, das neben mir saß. *Anna* stand auf ihrem Namensschild.

»Der ist so alt wie ich«, antwortete ich. »Das ist nämlich mein Zwillingsbruder.«

Anna seufzte. »So einen coolen Bruder hätte ich auch gerne. Kommt der mal hierher? Kannst du den mal mitbringen? Vielleicht kann der uns Breakdance vorführen.«

»Klar«, sagte ich. »Bestimmt. Ich frag ihn.«

Plötzlich hatte ich einen Bruder. In der Theatergruppe hatte ich einen Bruder. Und was für einen!

Krimi-Ideen, Theaterlieder und Lügennetze

»Das mit dem Theater«, sagte ich ein paar Wochen später zu Lena und Aylin, »das war das Beste, was ich jemals gemacht habe!«

Jeden Mittwoch, wenn ich ins Theater kam, atmete ich diesen besonderen Geruch ein und dann wusste ich: Ich bin wieder hier. Ich bin im Theater. Und jedes Mal, wirklich jedes Mal blubberte mir die Freude in die Kehle, sodass ich für einen Augenblick keine Luft bekam. Hier will ich sein. Hier bleibt zwei Stunden lang die Zeit stehen, oder nein, sie bleibt nicht stehen, sie vergeht anders als draußen, schneller oder langsamer, anders jedenfalls, als ob dieser Ort aus der Zeit herausgefallen ist und eine eigene Zeit hat, einen eigenen Geruch und ein eigenes Gefühl.

Wir lernten gehen und stehen, obwohl uns das ein bisschen komisch vorkam, mir jedenfalls. Jedenfalls zuerst. Denn man kann ja wohl gehen und stehen, seit man ein Kleinkind ist. Aber nicht so!

»Stellt euch gerade hin«, sagte Tilda. »Merkt, wie eure Füße in den Boden reinwachsen wie die Wurzeln von einem Baum.« Sabrina grinste. Sie war die Einzige, die sich manchmal über die Übungen lustig machte.

»Stellt euch vor, dass an eurem Scheitel ein Band befestigt ist«, fuhr Tilda eifrig fort, »und dass euch an diesem

Band jemand ein bisschen nach oben zieht.« Tilda zog sich selbst an einem unsichtbaren Band in Richtung Decke. »Und jetzt geht rum. Groß und breit und stolz. Ihr seid die Kings. Euch kann keiner was!« Tilda strahlte uns an.

Wir gingen rum und waren die Kings. Ich weiß nicht, wie es den anderen ging, aber ich hatte wirklich das Gefühl, ich wäre eine Königin. Fast hätte ich gewinkt, so mit dem Handrücken nach außen, wie die Queen. Ich konnte mich gerade noch stoppen.

Wir lernten, es auszuhalten, dass andere uns ansahen. Wer mal versucht hat, auch nur eine Minute auf einer Bühne stehen zu bleiben und nicht zu lachen, rumzuhampeln und mit den Armen zu schlenkern, der weiß, was ich meine. So eine Minute kann zuerst furchtbar lang sein. Aber mir machte es bald überhaupt nichts mehr aus, im Gegenteil, ich fand es toll.

Aber noch toller fand ich das Spielen.

Tilda wollte ein Theaterstück mit uns entwickeln, Szene für Szene, mit unseren Ideen. Sie schrieb alles auf, was wir spielten, und zum nächsten Treffen brachte sie ihre Notizen mit, und von da aus konnten wir weitermachen. Aus unseren Einfällen entstand so nach und nach eine Geschichte. Ein Krimi. Eine Kriminalkomödie. Unser Theaterstück.

Mir war von Anfang an klar, dass ich die Oma spielen würde.

Eine Oma wie Frau Krauseminz. Ich war dick. Ich war breit. Ich brauchte viel Platz auf der Bühne. Ich hatte eine Stimme, die von unten aus meinem Bauch

heraufkollerte und an meinen drei Kinnen vorbei tief und fest aus meinem Mund kam. »Natürlich machen wir den Bankraub!«, rief ich meinen drei Enkeln zu, die verschüchtert auf den Schaumstoffwürfeln hockten, die die Stühle in der Oma-Küche darstellen sollten. »Ihr macht euch Mauern, wo nur Kreidestriche sind!«

Aus dem Augenwinkel sah ich, dass Tilda etwas in ihr Skript kritzelte.

»Wunderbar!«, rief sie, als wir fertig waren. »Das mit den Kreidestrichen, das nehmen wir auf jeden Fall in den Text auf, das fasst alles zusammen.« Sie nickte begeistert vor sich hin, ihre Pumuckl-Haare wippten um ihr Gesicht. »Die Theaterbegabung, die muss bei euch in der Familie liegen, Luise. Haben eure Eltern mal Theater gespielt?«

›Ha‹, dachte ich, ›wenn du wüsstest! Papa und Theater! Ausgerechnet Papa!‹ Ich hob die Schultern. »Nö, glaube nicht. Und wieso eigentlich …«

»… EURE Eltern?«, wollte ich fragen. Hätte das nicht DEINE Eltern heißen müssen? Dann fiel mir ein, dass sie natürlich Felix mitmeinte, und ich konnte die Frage gerade noch runterschlucken.

Tilda sah mich freundlich und aufmerksam an. »Wolltest du noch was sagen?«, fragte sie mit schief gelegtem Kopf.

»Nö … äh, alles in Ordnung«, stotterte ich. »Ich muss dann jetzt auch los, meine S-Bahn kriegen. Tschüss, Tilda!«

›Puh‹, dachte ich, ›gerade noch mal gerettet.‹ Es ist nicht so einfach, zwei verschiedene Personen zu sein. Und an die Luise in der Theatergruppe, die mit dem tollen Bruder, die selber so toll Theater spielen konnte, musste ich mich erst noch gewöhnen. Immer wieder funkte mir die normale Luise dazwischen, die wirkliche Luise, die ich zwölf Jahre lang gewesen war. Obwohl ich mich ab und zu fragte: Wer war eigentlich die wirkliche Luise? Manchmal hatte ich das Gefühl, dort im Theater, bei diesen verrückten Übungen, beim Spielen, da war ich wirklicher als irgendwann vorher und irgendwo sonst. ›Danke, Frau Krauseminz‹, dachte ich.

* * *

Leider konnte ich Papa und Mama nicht erzählen, wie toll es in der Theatergruppe war. Vor allem Papa hätte ich es gerne erzählt. Manchmal holte ich schon Luft, um etwas zu sagen, aber ich konnte die Worte immer gerade noch runterschlucken.

Stattdessen redete ich von der Schule und von Lena und Aylin. Sogar vom Wetter. Nur von dem, was mir wirklich wichtig war, sprach ich nicht, und das war schade.

Aber ich dachte fast die ganze Zeit ans Theater. Tilda hatte für jeden von uns ein Lied geschrieben, sodass unsere Kriminalkomödie auch ein bisschen was von einem Musical bekam. Ich trällerte mein Oma-Lied, wo ich ging und stand. Leise in meinem Kopf und, wenn ich allein war, natürlich auch laut.

Und so stand ich an diesem einen Sonntagmorgen bei uns im Keller, putzte mein Fahrrad und sang:

»Ach, das Sparschwein ist leer
und da ist gar nichts mehr
und an Rente ist fast nichts mehr da.
Und das Konto ist leer,
unterm Bett ist nichts mehr.
Das ging drauf für das Heim von Papa.

Doch man will ja noch was
und man will noch ein Fass
öffnen, auch wenn man faltig und alt.
Und da muss doch noch was
möglich sein, ja und das,
das gewinnt jetzt allmählich Gestalt.

Denn man braucht doch das Geld
für das, was uns gefällt.
Und man lädt ja auch die Enkel gern mal ein.
Und man reist doch auch gern
und nicht bloß nach Luzern.
Und man wird ja irgendwann auch älter sein.

Dann ist man nicht versorgt
und man knausert und borgt,
und wer weiß, was noch alles passiert.
Und dann bin ich geprellt,
darum brauch ich das Geld
und das wird jetzt mal organisiert!«

»Und das wird jetzt mal organisiert!«, schmetterte ich, schwang den Putzlappen über dem Kopf und tanzte durch den Kellerraum.

»Was machst du denn da?« Aus dem Waschkeller tauchte Mama auf. Mama mit einem Korb, in dem ein paar frisch gewaschene und sorgfältig zusammengelegte Kleidungsstücke lagen. Ich zuckte zusammen. Warum hatte ich bloß nicht gemerkt, dass sie Wäsche abnahm? Blöde Singerei! Der Putzlappen fiel mir aus der Hand und flatterte zu Boden.

»Äh … ich putze mein Fahrrad«, stotterte ich.

»Ach«, sagte Mama, »das sah aber eben ganz anders aus.« Ich schluckte. »Habe … habe gerade eine kleine Musikpause gemacht.«

Mama stützte den Wäschekorb auf ihrer Hüfte ab. »Und was ist das für ein Lied?«, fragte sie.

»Das … das Lied«, stammelte ich und schob mit dem Fuß die Falten des Putzlappens zusammen und wieder auseinander, »das … äh … ist gerade total in, das singen alle.«

»Aber es ist über eine Oma!«, sagte Mama erstaunt.

Ich hob die Schultern und versuchte, ein möglichst harmloses Gesicht zu machen. »Is' halt so.«

Dabei spürte ich, wie mein Herz in meiner Kehle klopfte, als wollte es aus dem Mund springen. Wenn sie mir das bloß glaubte! Wenn sie doch aufhören würde zu fragen!

Papa erlöste mich. Er kam die Treppe heruntergerannt, immer zwei Stufen auf einmal, und riss Mama den Korb aus der Hand.

»Sandra!«, rief er. »Warum sagst du mir denn nicht, dass ich dir den Korb tragen soll!«

»Aber der ist wirklich nicht schwer«, erwiderte Mama.

Mein Herz beruhigte sich. Ich musste grinsen. ›Wenn Papa was macht‹, dachte ich, ›dann macht er es richtig.‹ Und das mit dem Sommerwichteln, bei dem man zu jemandem besonders nett sein soll, das zog er jetzt ja wohl gnadenlos durch.

»Übertreibst du es nicht ein bisschen?«, fragte ich. Papa und Mama sahen mich verständnislos an. »Na, mit dem Sommerwichteln«, erklärte ich.

Papa runzelte die Stirn. »Was für Sommerwichtel?«, fragte er. Ich merkte, wie es in seinem Kopf klickerte. Dann holte er tief Luft. »Ach, das! Das … äh … das kann man gar nicht ernst genug nehmen, bei einer so schönen Dame wie deiner Mama!« Er tat, als ob er unter der Last des Wäschekorbs zusammenbräche, und sah Mama verliebt an. Mama guckte gerührt zurück, schluckte und wischte sich mit dem Ringfinger der rechten Hand einmal kurz den Augenwinkel. Ich fand das irgendwie süß, aber gleichzeitig auch ziemlich peinlich.

Außerdem hatte ich das Gefühl, dass hier etwas lief, das ich nicht wissen sollte. Irgendetwas wussten diese beiden, was sie mir nicht sagten.

›Na ja‹, dachte ich. ›Dann sind wir ja schon drei hier in diesem Haus.‹ Und bei meinen Eltern, da wäre das ja nicht das erste Mal, dass sie ein Geheimnis vor mir haben. Jetzt hatte ich halt auch eins. Und was für ein tolles!

Das einzig Blöde war, dass mich alle in der Theatergruppe immer wieder nach Felix fragten. Vor allem Anna – sie wollte andauernd wissen, wie es ihm ging, was er machte, ich wusste bald nicht mehr, was ich noch Neues erfinden sollte. »Du hast doch gesagt, er kommt mal mit!«, rief sie. »Wann kommt er denn nun endlich?«

Zuerst sagte ich, er wäre auf Hip-Hop-Reise. Dann sagte ich, er wäre krank.

»Oh Gott, der Arme! Was hat er denn? Schlimm?«, fragte Anna und beim Weggehen gab sie mir einen Brief für ihn. Einen Brief! An Felix!

Lieber Felix, hatte sie geschrieben, *gute Besserung und hoffentlich kommst du mal in unsere Theatergruppe. Unbekannterweise liebe Grüße, Anna.*

Unbekannterweise liebe Grüße! Unbekannterweise! ›Das kann man wohl sagen‹, dachte ich. Wer kann wohl unbekannter sein als jemand, den es gar nicht gibt? Ich drehte und wendete den Brief hin und her, als ich in der S-Bahn nach Hause saß. Beim nächsten Mal würde Anna mich fragen, was Felix gesagt hatte. Sie würde mich fragen, ob er mir einen Antwortbrief mitgegeben hätte. Sie würde seine Handynummer wissen wollen, um ihm eine WhatsApp zu schreiben.

»Ist dir nicht gut?« Die alte Dame vom Sitz gegenüber sah mich besorgt an. »Du stöhnst so.«

»Nee, nee, alles in Ordnung«, murmelte ich.

Aber natürlich war gar nicht alles in Ordnung. Ich musste mir etwas einfallen lassen, auf die Dauer. Aber was, das war mir leider überhaupt nicht klar. Ich überlegte, ob ich Felix sich ein Bein brechen lassen sollte. Oder schlimmer. Aber das wollte ich ihm auch nicht antun. Verrückt, oder? Wo es ihn doch gar nicht gab! Es ist erstaunlich, wie wirklich jemand sein kann, den man bloß erfunden hat. Manchmal hatte ich das Gefühl, dass das Lügennetz, das ich selber gesponnen hatte, sich um mich zusammenzog und ich darin zappelte wie ein gefangener Fisch.

Hasenhüpfen und Hip-Hop-Bruder

Aber trotzdem schwebte ich in diesen ersten Theaterwochen wie in einer Glücksblase durch die Welt. Sogar Steffi Rotzauge ließ mich in Ruhe. Wahrscheinlich lag das daran, dass sie und ihre Zickengruppe ein anderes Opfer gefunden hatten. Sie suchen sich immer einen Neuen. Ein paar Wochen machen sie jemanden total fertig. Und dann, irgendwann, völlig ohne Grund, ist es vorbei und es trifft einen anderen. Diesmal traf es Viktor.

Sie verdrehten die Augen, wenn er etwas im Unterricht sagte, was sowieso selten vorkam, kicherten und machten blöde Bemerkungen. Sie nannten ihn Viktor Schlaftablette. Sie fegten im Vorbeigehen seine Sachen von seinem Tisch und entschuldigten sich süßlich: »Oh, Verzeihung, Viktor«, flöteten sie. Aber sie sagten nicht Viktor. Sie sprachen seinen Namen aus, als ob er mit F und CK geschrieben würde. Einige von den Jungs, besonders Lucca, fanden das extrem witzig. Ich nicht. Ich hasste mich, weil ich nichts sagte. Aber ich war ja froh, dass Steffi Rotzauge mich in Ruhe ließ. Viktor reagierte so wenig, dass ich schon dachte: ›Na, da werden sie bald den Spaß verlieren. Hoffentlich!‹ Er ging und stand und saß nur noch etwas krummer und seine Augen waren fast völlig geschlossen.

Bis zu dem Tag, als Steffi sich seinen Rucksack schnappte. Sie schüttete den Rucksack aus, und heraus fielen nicht nur Schulsachen, sondern auch eine abgegriffene Puppe mit schlabbrigen Beinen. Oder eher ein Hase. Ein Hase, der mal rosa gewesen war. Mit aufgestickten Augen und langen, weichen Schlappohren. So ein Kuscheltier für sehr kleine Kinder, die noch kein festes Spielzeug haben dürfen.

Steffi schnappte sich den Hasen mit einem Griff. »Ficktor, hattu dein Hasi verloren? Ja, wo isses denn?«

Viktor rastete völlig aus. So hatte ich ihn noch nie gesehen. »Gib mir sofort den Hasen wieder!«, brüllte er.

»Ja, hol's dir doch, das Hasilein, tleiner Ficktor!« Steffi warf den Hasen zu Maja, dann hatte ihn Chantal.

Lucca lachte sich kaputt. »Gib ihn her«, johlte er, »das is' mein Hasi! Will auch mal spielen!«

Chantal hielt den Hasen am Bein fest, Lucca zerrte ihn am Arm. Schrapp! Der morsche Stoff riss und das Hasenbein blieb in Chantals Hand. Achtlos warf sie es in den Mülleimer. Und bevor Viktor, der wie ein Wahnsinniger zwischen den anderen herumschoss, den Hasen greifen konnte, hatte Steffi sich ihn wieder geschnappt. »Ein Hase fliegt ins All!«, kreischte sie und schleuderte das Kuscheltier durch das offene Fenster. Viktor rannte aus der Klasse.

Aylin fischte das Hasenbein aus dem Papierkorb und wischte die Butter- und Käsereste, die daran klebten, ab, so gut es ging.

Als Viktor mit dem Hasen in der Hand wieder in die Klasse kam, reichte sie ihm schweigend das Bein. Viktor nahm es, ohne ein Wort zu sagen.

Steffi zog die Oberlippe hoch, sodass man die Schneidezähne sehen konnte, hielt die Hände wie Pfötchen vor dem Körper und hoppelte durch die Klasse. »Hasenficktor, Hasenficktor!«, mümmelte sie. Es klang wie »Hasenficker«.

Ich weiß nicht, wie es passierte und woher ich den Mut nahm.

Auf einmal war mein Körper fest und gerade und so groß, dass mein Scheitel fast die Decke berührte. Oder so kam es mir jedenfalls vor. Irgendwo in meinem Kopf hörte ich Tildas Stimme: »Vergesst nicht, euch kann keiner was. Ihr seid die Kings!« Aber trotzdem und gleichzeitig zitterten mir die Knie. Ich ballte die Fäuste, damit meine Hände nicht auch zitterten. Vor Angst und Wut saß meine Stimme irgendwo ganz tief in meinem Bauch und kam rau und rumpelnd aus meinem Mund. »Du – blöde – Kuh!«, sagte ich.

Und es geschah etwas Seltsames.

Steffi blieb stehen und starrte mich an, als käme ich vom Mars. »Äh … selber blöde Kuh«, stotterte sie automatisch. Aber irgendwie sagte sie es, wie soll ich es ausdrücken, schlapp und schlaff und mit nicht besonders viel Kraft, so als ob sie gar nicht richtig daran glaubte. Und sie hörte tatsächlich mit dem Hasenhüpfen auf. Alle drei hörten damit auf. Natürlich auch, weil Heinzi in die Klasse kam. Aber in der nächsten Pause machten sie nicht weiter und warfen mir nur giftige Blicke zu, als sie vorbeigingen.

»Wie hast du das gemacht?«, fragte Lena. »So kenne ich dich ja gar nicht!«

Ich zuckte mit den Schultern. »Keine Ahnung. So kenn ich mich selber nicht.«

Ich wusste wirklich nicht so richtig, wie ich das gemacht hatte. Aber ich dachte auf einmal, dass Frau Krauseminz recht hatte: Man weiß nie, ob man was kann, bevor man sich traut und es versucht.

»Viktor ist aber schon echt komisch«, sagte Lena. »Für jemanden, der eine Freundin hat, mit der er um Mitternacht Kontakt halten muss, ist es schon echt komisch, wenn er sein Kuscheltier mit rumschleppt. Für einen Jungen von zwölf. Komisch. Ich kenne niemanden, der so komisch ist wie Viktor.«

»Er kann doch mit sich rumschleppen, was er will«, sagte Aylin. »Scheint ihm ja wichtig zu sein. Dies ist ein freies Land. Wusstet ihr, dass die erste demokratische Verfassung …?«

Lena und ich sahen uns an und seufzten. Wir wussten es. Aylin hatte es uns schon öfter erklärt. Aber so schlau sie auch war – das mit Viktor und dem Hasen konnte sie nicht erklären. Und auch ich hätte es wohl nie rausgekriegt, wenn wir nicht kurz danach ins Altonaer Museum gegangen wären.

* * *

»Ey, Herr Grün, ich hab keine Lust auf Museum!«, grummelte Lucca.

Grüni lächelte ihn charmant an. »Dann«, sagte er und schob schwungvoll seinen Rucksack zurecht, »dann gehen wir heute mal ohne Lust.«

Außer Lucca freuten wir uns alle auf den Vormittag im Museum und den Nachmittag am Hafen – unser Projekttag zum Thema »Schifffahrt und Fischfang in Hamburg«.

»Wer das zehnmal ohne Fehler raushauen kann«, sagte Grüni und grinste, »der hat schon mal drei Punkte gut.«

Zum Glück ist Grüni kein Lehrer, der die Schüler als ganze Gruppe durchs Museum schleift. Wir hatten Forschungsfragen ausgelost und Zweierteams, damit wir nicht immer mit denselben Leuten zusammenarbeiteten.

Mein Teampartner war Viktor.

Wir hatten nicht miteinander gesprochen seit der Sache mit dem Hasen. Viktor hatte sich noch nicht mal bedankt. Ich hatte das Gefühl, dass er versuchte so zu tun, als ob das Ganze nicht passiert wäre, und das konnte ich gut verstehen. Es ist peinlich, wenn man gemobbt wird, und es ist fast noch peinlicher, wenn einem jemand anders helfen muss, weil man sich nicht selber helfen kann. Und deswegen tat ich auch so, als wäre das nie passiert, und sprach mit Viktor über Hochseefischerei und Küstenfischerei und Schleppnetze und Treibnetze und Seemoos. Und gerade als wir im Galionsfigurensaal vor dem Walfänger-Modell standen und ich mich so furchtbar aufregte über den armen Wal, der da abgespeckt wurde, da tippte mir jemand auf die Schulter. Und als ich mich umsah, da war es Sabrina. Sabrina aus der Theatergruppe.

»Was macht ihr denn hier?«, fragte sie. Und weil sie es so doof fragte, als hätte sie uns dabei ertappt, dass wir den Galionsfiguren Schnurrbärte anmalten, sagte Viktor ziemlich genervt: »Dasselbe wie du wahrscheinlich. Bist du der Museumswärter oder was?«

»Nee«, sagte Sabrina, »ich bin Sabrina aus Luises Theatergruppe. Und du? Bist du Felix?«

Viktor sah Sabrina verwirrt an, so wie jemand, der gerade aus dem Tiefschlaf gerissen wird. »Wer soll ich sein?«, brummelte er.

»Der – Bruder – von – Luise!«, wiederholte Sabrina langsam. Sie betonte jede einzelne Silbe.

Hinter ihrem Rücken sah ich Viktor flehend an, nickte ihm zu, so heftig ich konnte, und bewegte meinen Zeigefinger zwischen ihm und mir hin und her.

»Luises …«, murmelte Viktor. »Ach so. Okay … Klar bin ich ihr Bruder.« Ich atmete heftig aus. Von meinem Herzen rutschte eine ganze Steinlawine.

Sabrina drehte sich zu mir um. »Den hatte ich mir aber ganz anders vorgestellt, deinen Bruder.«

»Wie, anders?«, fragte Viktor.

»Na ja«, erklärte Sabrina verlegen, »irgendwie … na ja, du kannst doch so viel und singst und machst Breakdance und Hip-Hop und spielst Hauptrollen im Theater, und da hab ich halt gedacht … äh …« Sie musterte Viktor, der dünn und krumm und mit halb geöffneten Augen vor ihr stand und so aussah, als ob er noch nicht mal die Treppe zur Bühne hinaufschaffen könnte.

»Ja«, sagte ich schnell, »Vik… äh … Felix lässt das überhaupt nicht raushängen, das ist ja das Tolle an ihm. Niemand traut ihm das zu, aber auf der Bühne … Oder, Felix?«

»Jaaa.« Viktor grinste mich an. »Auf der Bühne, da werd ich zum Tier. Rampensau nennt man das. Wir haben ja … äh … Theaterblut in den Adern, hat euch Luise das nicht erzählt?«

Sabrina stellte sich gerade hin. »Theaterblut?«, fragte sie und zupfte ihre Haare zurecht.

»Genau«, bestätigte Viktor. »Unsere Tante war Eleonora … äh … Dusel.«

»Ach«, machte Sabrina. Man merkte, dass sie noch nie etwas von Eleonora Dusel gehört hatte. Aber das wollte sie natürlich nicht zugeben. Ich hatte übrigens auch noch nie etwas von Eleonora Dusel gehört.

»Da bist du platt, was? Toll, oder?«, fragte Viktor. »Die größte Tänzerin des letzten Jahrhunderts. Das kommt halt bei uns durch, bei Luise und mir. Aber erzähl es nicht weiter, nicht, dass jemand denkt, wir wollten damit angeben.«

»Nein, natürlich nicht!« Sabrina machte vor ihrem Mund eine Bewegung, als wollte sie einen Reißverschluss zuziehen, und zwinkerte Viktor schelmisch zu. »Ich muss dann jetzt mal los – leider!«, flötete sie. »Wir sollen um elf in der Schiffszimmerei sein, unsere Lehrerin flippt aus, wenn wir nicht pünktlich sind. Tschüss, Felix! Bis bald mal!« Sie winkte Viktor zu. Viktor reagierte zuerst nicht.

Ich stieß ihn an. »Fe-lix!«, rief ich und betonte beide Silben, so deutlich ich konnte.

»Ah, okay«, murmelte Viktor, »tschüss, Sabrina!« Er hob mit einer schläfrigen Bewegung, die man aber auch cool finden konnte, die Hand um ein paar Millimeter. »Bis dann!«, sagte er. »Man sieht sich.«

Weiter sagte er nichts, bis Sabrina verschwunden war. Ich atmete so tief aus, als wollte ich einen Luftballon aufblasen. »Boah, danke, Viktor!« Viktor zog mich in die Säulenhalle und hinter eines der zwei Schiffsmodelle, von wo aus man den Raum gut übersehen konnte.

»Was war das denn jetzt?«, flüsterte er.

Und da erzählte ich ihm alles. Nein, alles erzählte ich ihm natürlich nicht. Aber ich erzählte ihm, dass ich in der Theatergruppe behauptet hatte, ich hätte einen Bruder. Weil ich mir schon so lange einen gewünscht hätte. Das stimmte ja auch irgendwie.

»So 'n tollen Bruder?« Viktor grinste.

Ich nickte und merkte, wie mein Gesicht heiß wurde. Es war mir ziemlich peinlich.

»Na ja«, sagte Viktor. »Jetzt hast du einen.« Sein Lächeln verschwand. »Ist cool, wenn man zur Abwechslung mal der Tolle ist.«

»Aber du bist wirklich der Tolle!«, rief ich. »Ich hätte nie gedacht, dass du so lügen kannst!«

Viktor zuckte mit den Schultern. »Das lernt man mit der Zeit«, sagte er.

Mehr sagte er nicht.

Aber ich hatte ihm ja auch nicht alles erzählt.

Theater-Geflüster, Theater-Triumph

Sabrina hingegen erzählte natürlich alles in der Theatergruppe. Als ich das nächste Mal ankam – ich kam ein bisschen zu spät, weil ich die S-Bahn verpasst hatte –, hörte ich schon beim Reinkommen ihre Stimme.

»Der ist so cool, der Felix! Und dabei gibt er überhaupt nicht an, man könnte glauben, er wär ein ganz normaler Typ, der gar nichts Besonderes kann, aber auf der Bühne … Oder, Luise?«

»Jaja«, sagte ich und hängte meine Jacke über einen Stuhl. »Auf der Bühne wird er zum Tier.«

»Und, sieht man, dass sie Zwillinge sind, Felix und Luise?«, fragte Jule.

»Total!«, rief Sabrina. »Wie aus dem Gesicht geschnitten! Zuerst fällt es einem nicht so auf, aber wenn man's weiß …«

»Und das mit dieser Tänzerinnen-Tante, das ist ja wohl der Hammer! Dass du das nie erzählt hast!«, quietschte Anna. Sie zog mich in eine Ecke. »Hast du Felix meinen Brief gegeben?«, flüsterte sie.

Ach, der Brief! Den hatte ich völlig vergessen! »Ja, natürlich«, stotterte ich. »Vielen Dank, lässt er dir sagen. Und … äh … er bedankt sich noch persönlich, wenn er kommt.«

»Kommt er?« Anna sah aus wie ein kleines Kind, das sich auf sein Weihnachtsgeschenk freut. »Wann?«

»Wahrscheinlich nächste Woche!«, stammelte
ich und sofort hätte ich mir am liebsten die Zunge
abgebissen. Wie konnte ich so was versprechen!
Ich ritt mich echt immer tiefer in die Kacke.

»Viktor«, sagte ich am nächsten Tag in der großen Pause, »kann ich dich mal was fragen?«

Viktor wickelte sein Butterbrot aus und fing in
Zeitlupe an zu kauen. »Hmmm«, murmelte er.

»Würdest du eventuell … also … äh …« Ich bewegte die Hände, als könnte ich die passenden Wör-
ter aus der Luft fangen. Leider kamen sie ziemlich
langsam angeflattert. »Also, in der Theatergruppe,
ja?«

»Hmmm«, murmelte Viktor wieder. Diesmal klang es wie
eine Frage. Er hatte echt viele verschiedene Arten, Hmmm zu
murmeln.

Ich holte tief Luft. »In der Theatergruppe, die wollen
dich unbedingt kennenlernen.«

»Mich?« Viktor stellte sich ein bisschen aufrechter hin,
über sein Gesicht glitt ein geschmeicheltes Lächeln.

»Na ja, irgendwie schon. Also, eigentlich Felix. Felix,
meinen Bruder. Also, dich als Felix«, erklärte ich. ›Was für
ein Kuddelmuddel‹, dachte ich. ›Und wenn Viktor das jetzt
alles zu durcheinander ist? Und wenn er keine Lust hat,
auch noch in die Theatergruppe zu kommen und jemand
anders zu sein?‹ Ich beugte mich zu ihm. »Sabrina hat allen
von dir erzählt. Sie ist total hin und weg. Alle sind total
hin und weg. Guck mal, Anna hat dir sogar einen Brief

geschrieben. Den hat sie dir schon geschrieben, als Sabrina noch gar nicht von dir erzählt hatte.«

Ich fummelte den zerknitterten Zettel aus meiner Hosentasche. Viktor legte ihn auf die Tischtennisplatte, neben der wir standen, rubbelte sich seine Butterbrotfinger an seiner Jeans sauber und strich ihn glatt. »Lieber Felix«, murmelte er, »hmmm, hmmm … kommst du mal in unsere Theatergruppe. Unbekannterweise liebe Grüße … Netter Brief.« Er nahm das Papier, faltete es sorgfältig zusammen und steckte es in seine Hosentasche. »Und ich war also krank? Oh Gott, oh Gott, was hatte ich denn?« Viktor grinste und sah mich so übertrieben besorgt an, dass er mich für einen Augenblick an Mama erinnerte.

Ich zuckte mit den Schultern. »Keine Ahnung. Irgendwie musste ich ja erklären, warum du nicht kommen konntest. Also, warum Felix nicht kommen konnte.«

»Hmmm«, sagte Viktor, und er sagte es so freudig und entschieden, dass ich mich wunderte. »Jetzt sind wir ja wieder gesund, Felix und ich. Da können wir gut mal kommen. Also ich. Also Felix.« Viktor lachte und verstrubbelte sich die Haare. »Hoffentlich verplappere ich mich nicht! Das heißt, warte mal …« Sein Gesicht wurde wieder besorgt, diesmal wirklich besorgt. »Wann ist das denn immer?«

»Mittwochnachmittags. Von halb vier bis halb sechs.«

Viktor dachte kurz nach. »Hmmm«, sagte er und nickte. »Ja, da kann ich. Nächsten Mittwoch können wir zusammen hinfahren.« Es klingelte. Die Pause war zu Ende. Viktor schluffte neben mir auf die Tür vom Pavillon zu. »Und sag mal«, fragte er durch das Stimmengewirr der Schüler, die sich in den Flur drängten, »die Anna, die den Brief geschrieben hat, wie ist die so?«

* * *

Viktors erster Besuch im Theater war der totale Triumph. Tilda begrüßte ihn gleich mit Namen – also mit dem Namen Felix, natürlich – und schüttelte ihm die Hand. Sabrina erzählte ihm, dass sie praktisch die Hauptrolle in unserem Stück hätte, Jule fragte ihn, ob man nicht vielleicht eine Hip-Hop-Nummer in das Stück einbauen könnte, und Mimi wollte wissen, welche Theaterrollen er noch gespielt hatte, außer Tom Sawyer.

Nur Anna sagte nichts. Aber wenn man wissen wollte, was Sternchenaugen sind, dann brauchte man nur Anna anzuschauen.

Und Viktor?

Viktor erkannte ich überhaupt nicht wieder. Er sprach und lachte und stellte den anderen Fragen und erzählte, und wenn ihm nicht gleich eine Antwort einfiel, dann zuckte er mit den Schultern und sagte: »Hmmm …« Es klang interessant und geheimnisvoll. Nur manchmal sah er mich an, wurde ein bisschen rot und kam ins Stottern, und dann hörte ich Sabrina seufzen: »Süß! Er ist überhaupt nicht eingebildet!«

»So«, sagte Tilda schließlich und klatschte in die Hände. »Dann fangen wir jetzt an. Felix, wenn du Zeit hast, kannst du gern heute hierbleiben und mitmachen. Oder?« Sie sah uns fragend an. Alle nickten.

Viktor blieb und machte die verrückten Aufwärmübungen mit und schmiss sich halb weg vor Lachen, und als wir mit dem Spielen anfingen, schlug Tilda vor: »Ich überlege gerade ... Ist es okay für euch, wenn Felix ein bisschen zuguckt? Es ist ja vielleicht spannend, wenn wir auch mal von jemandem, der nicht in unserer Gruppe ist, Rückmeldung kriegen. Und er ist ja Luises Bruder, da bleibt es sozusagen in der Familie.«

Wieder nickten alle, sogar Sabrina. Besonders Sabrina.

»Magst du, Felix?«, fragte Tilda. »Du bist doch schließlich ein alter Theaterhase!«

Bei dem Wort »Hase« zuckte Viktor zusammen. Aber er hatte sich gleich wieder unter Kontrolle. »Hmmm ...«, machte er und damit war die Sache entschieden.

Er saß ganz hinten im Zuschauerraum, schläfrig, krumm und mit halb geschlossenen Augen wie in der Schule, und schaute durch seine Wimpern auf die Bühne. Ich dachte, es müsste für ihn sein, als ob er durch einen Vorhang guckte. Aber dann vergaß ich, dass er dort saß, und die anderen vergaßen es, glaube ich, auch.

»Na?«, fragte Tilda, als die Szene zu Ende war. »Was meinst du, Felix?«

Viktor räusperte sich. Er machte den Mund auf und wieder zu. Er erinnerte mich an die Karpfen, die vor Weihnachten bei unserem Fischhändler im Becken schwimmen. Aber nur zuerst.

»Hmmm«, sagte er dann, »also, na ja, also wie Jule da von rechts rüberkam und so traurig war, äh … da hab ich richtig einen Kloß im Hals gekriegt.«

Jule strahlte.

»Und ich? Wie war ich?«, fragte Sabrina, hob sich fast bis auf die Zehenspitzen und beugte sich in Viktors Richtung, als wollte sie ihm die Antwort aus der Nase ziehen.

»Toll«, sagte Viktor schnell. »Toll, natürlich. Aber es wäre vielleicht besser – also, noch besser, meine ich jetzt –, wenn du nicht lachen würdest, wenn du wütend wirst.«

»Hab ich gelacht?«, fragte Sabrina.

Viktor nickte. »Hmmm.«

»Dann lach ich das nächste Mal nicht mehr«, sagte Sabrina friedlich. »Danke für den Tipp, Felix!«

›Sabrina‹, dachte ich. ›Guck an. Sabrina, die bei der kleinsten Kritik von Tilda widerspricht und rumzickt und noch eine halbe Stunde danach beleidigt ist. Er wickelt sie alle um den Finger, der Viktor. Wenn er Felix ist, wickelt er sie echt alle um den Finger. Wer hätte das gedacht!‹

»Du, Anna?«, sagte Viktor. Anna spielte das Stubenmädchen. Es war eine Rolle mit sehr wenig Text, die sie sich extra ausgesucht hatte, weil sie kein gutes Gedächtnis hat.

Anna wurde rot. »Ja? Ich sag doch … äh … fast nichts auf der Bühne«, stammelte sie.

»Ja, eben«, rief Viktor. »Ich finde, du müsstest aber die ganze Zeit was MACHEN!«

»Was denn machen?«, fragte Anna.

»Na ja, was ein Stubenmädchen halt so macht. Und das müsstest du voll übertreiben.« Viktor überlegte und fing immer mehr an zu grinsen. »Die Leute abstauben oder so. Vielleicht könntest du auch … hmmm … so ein schlecht gelauntes Stubenmädchen sein. Das immer sauer ist, wenn sie was machen muss. Wenn du was bringst, das dann so wütend hinknallen, weißt du?« Viktor ballte die Fäuste und tat so, als ob er, wütend und mit voller Kraft, etwas auf den Tisch feuerte. Alle prusteten los.

Tilda lachte und schüttelte den Kopf und nickte und kritzelte in ihr Skript.

»Bei Felix merkt man echt das Theaterblut!«, quietschte Sabrina.

»Welches Theaterblut?«, platzte ich heraus.

Viktor schlug sich vor die Stirn. »Mensch, Luise! Das von Tante Eleonore natürlich! Manchmal ist Luise so wirr«, sagte er zu den anderen, »dass ich denke, wir sind vielleicht gar keine Geschwister.«

Viktor, Felix und Stress hoch drei

Von da an kam Viktor öfter zur Theatergruppe mit. Nicht immer. Manchmal hatte er keine Zeit. Dann erzählte ich, dass er beim Hip-Hop-Camp wäre. Oder beim Casting für eine Rolle beim Hamburger Jugendtheater. »Aber sprecht ihn nicht drauf an«, sagte ich. »Es ist ihm peinlich, wenn er immer so im Mittelpunkt steht.«

Auf der Hin- und Rückfahrt, in der S-Bahn, redeten wir nonstop, Viktor und ich. Über unser Theaterstück – irgendwie war es wirklich »unser« Theaterstück, weil nach und nach so viele von Viktors Ideen darin waren. Über die Schule. Über die Musik, die wir hörten.

Aber in der Schule sprachen wir komischerweise fast gar nicht miteinander. Wir hatten das nicht ausgemacht, es ergab sich einfach so. Ich erzählte noch nicht mal Aylin und Lena, dass Viktor in der Theatergruppe mein Bruder Felix war. Es war unser Geheimnis, obwohl wir das nie besprochen hatten. Nein, es war mehr als ein Geheimnis: Es war, als ob Viktor und Felix in der Schule und in der Theatergruppe wirklich zwei unterschiedliche Personen wären.

»Guck mal, Luise«, sagte Viktor, als wir wieder mal in der S-Bahn nach Bahrenfeld saßen, »in zwei Wochen ist hier in Hamburg doch dieser Theatersonntag.« Er hielt mir einen Veranstaltungskalender hin, in dem er etwas rot angestrichen hatte. »Sollen wir nicht …« Viktor schluckte und wickelte sich die Durchziehschnüre von seinem Sweatshirt um die Finger, »sollen wir nicht Anna fragen, ob sie mit uns hingeht?«

Ich schüttelte den Kopf. »Nee, Felix … äh … Viktor.« Wir lachten kurz. »Das geht gar nicht. Tut mir echt leid. Ich kann nicht weg, weißt du? Meine Eltern gucken mich sowieso schon immer so komisch an. Aber du kannst Anna doch fragen, ob sie mit dir hingehen will.«

Viktor drehte den Veranstaltungskalender zu einer Wurst zusammen, strich ihn wieder glatt und kaute an seiner Unterlippe. »Ich weiß nicht … Und wenn sie Nein sagt?«

»Dann sagt sie eben Nein!«, rief ich. »Wenn du's nicht versuchst, kriegst du's nie raus. Felix würde sich trauen, das glaub mir mal!«

Viktor sah mich verblüfft an. »Das stimmt«, sagte er. »Felix würde sich trauen.«

Ich bekam nicht mit, ob Viktor sich traute. Und ich vergaß auch, ihn auf dem Heimweg danach zu fragen. Denn am Ende dieses Theatertreffens kündigte Tilda an, dass wir ein Probenwochenende machen würden. »Haltet euch den Termin frei!«, sagte sie. »In vier Wochen, am elften und zwölften November. Es ist wichtig, dass ihr alle kommt.«

›Ein ganzes Wochenende‹, dachte ich und stöhnte innerlich auf. Samstag von zehn bis siebzehn Uhr, Sonntag von zehn bis siebzehn Uhr. Wie sollte ich das meinen Eltern erklären?

Es war ja jetzt schon Stress hoch drei, besonders wenn Viktor nicht mitkam, weil ich dann niemanden hatte, der mich ablenkte: Ich raste von der Schule zur U-Bahn. Ich hechtete von der U-Bahn in die S-Bahn. Ich hetzte zur Probe. »Wunderbar!«, rief Tilda. »Wie du diese gestresste Oma spielst, wenn die Polizei hinter ihr her ist! Man könnte glauben, du bist wirklich im Stress!«

›Wenn du wüsstest‹, dachte ich.

Nach der Probe zischte ich wieder in die S-Bahn, dann in die U-Bahn und schließlich in den Bus, der unerträglich langsam, Haltestelle für Haltestelle, nach Batenbüttel keuchte. Warum wohnten wir auch so weit draußen?

Wenn es ging, machte ich auf dem Weg meine Hausaufgaben oder übte für eine Klassenarbeit. Es war, als hätten sich alle Lehrer verabredet, genau in dieser Zeit ihre Arbeiten zu schreiben. Manchmal hatte ich das Gefühl, dass jemand mit der Peitsche hinter mir stand. Whamm! Mathe! Klatsch! Französisch! Fetz! PGW!

Oft war es auch so voll, dass ich gar keinen Sitzplatz bekam. Als hätten alle eins Komma acht Millionen Hamburger beschlossen, sich genau in meine Bahn und meinen Bus zu quetschen. Wenn ich nach Hause kam, war es schon Abend.

»Also das geht wirklich nicht!« Mama wuselte von der Küche ins Wohnzimmer, um mir das Abendessen auf den Tisch zu stellen. »Unglaublich, wie die euch stressen in der Schule! Nimm ordentlich Salat und hier sind noch Ofenkartoffeln mit Kräuterquark. Iss, du bist schmal geworden, mein Liebes! Soll ich dir Tee mit Honig machen? Bist du sicher, dass du da weiter hingehen willst?«

»Wohin?« Ich sah sie entsetzt an. Für eine schreckliche Sekunde dachte ich schon, sie meinte die Theatergruppe.

Mama runzelte die Stirn. »Na, zum Filmklub!«

»Was für ein …? Ach, der Filmklub … ja … nein, alles okay, den will ich weitermachen!«

Ja, weitermachen – das wollte ich. Unbedingt. Und wenn der Stress mich ins frühe Grab brachte! Ich musste ein bisschen grinsen, als ich das dachte. »Dies wird mich ins frühe Grab bringen!« Das ist einer von Uromis Sprüchen, obwohl sie schon dreiundneunzig ist und Opa neulich zu ihr gesagt hat, DEN Zeitpunkt hätte sie wohl verpasst.

Denn erstens konnte ich ja die Gruppe nicht hängen lassen. Die Oma war die Hauptrolle. Ich war fast in jeder Szene auf der Bühne. Und zweitens – egal wie müde und gestresst ich war –, auf der Bühne war ich wie eine Silvesterrakete, die glüht und sprüht und funkelt, dass es nur so zischt.

»Aber manchmal«, sagte ich zu Viktor, als wir an diesem Mittwoch in der U-Bahn saßen, »wenn ich dann nach Hause fahre, und es ist noch so viel zu tun für die Schule und das Orchester und Rolle lernen und aufpassen, dass meine Eltern nichts merken, dann fühle ich mich wie eine Silvesterrakete NACH Silvester.«

Viktor nickte. »Hmmm. Wie eine von diesen Papphüllen, die am ersten Januar auf den Straßen rumliegen. Und die Kehrmaschine kommt dann und kehrt sie weg.«

»Genau!«, rief ich. »Und jetzt noch dieses Probenwochenende! Manchmal denk ich, ich schaff es nicht mehr.«

Viktor zog die Mundwinkel herunter. »Willkommen im Klub«, sagte er.

»Aber wieso?«, fragte ich. »Wieso denkst DU denn …?«

»Wandsbeker Chaussee«, sagte Viktor. »Ich muss raus. Tschüss!«

* * *

›Viktor ist echt komisch‹, dachte ich. ›Total nett, aber komisch.‹ Der Telefonanruf von der Klassenfahrt, der Hase in seinem Schulrucksack, der Stress, den er anscheinend hatte –

und dass er nie wirklich von sich erzählte. Als Felix war er unschlagbar – aber wer war er als Viktor?

Vor lauter Nachdenken wäre ich fast in den falschen Bus gestiegen. Aber je näher ich nach Hause kam, desto mehr vergaß ich Viktor und grübelte nur noch darüber nach, wie ich das mit dem Probenwochenende hinkriegen sollte.

Als ich klein war, vielleicht drei oder so, dachte ich, dass der liebe Gott ein Telefonmast wäre. So einer von diesen riesigen schwarzen Masten, die überhaupt nicht aufhören und bis in den Himmel ragen. Ich weiß noch genau, wie ich in meinem karierten Mäntelchen unten an dem Mast stand und so hochguckte und zu mir sagte: »Aha. Soso. Das ist also der liebe Gott.« Und jetzt noch, wenn ich bete – ich bete nämlich manchmal –, dann habe ich vor meinem inneren Auge diesen Telefonmast, obwohl ich natürlich weiß, dass das Quatsch ist.

»Lieber Gott«, flüsterte ich, »bitte hilf mir mit dem Probenwochenende! Bitte hilf mir doch! Bitte hilf mir doch!«

Aber dann dachte ich, dass er es bestimmt nicht gut findet, dass ich meine Eltern so anschwindele.

Und bei dem, was am Sonntagmorgen passierte, hatte ich tatsächlich das Gefühl, dass der liebe Gott – oder wer auch immer – mir zur Strafe so richtig eins reinsemmelte.

Zuerst war alles wie sonst. Der Kaffee dampfte in den Tassen, Papa und Mama schmierten sich noch zusätzlich Butter auf die fettigen Croissants, die ich besorgt hatte, und ich biss voller Genuss in mein ungesundes Fleischwurstbrötchen. Das Sonntagmorgengefühl war wie ein weiches, gemütliches Federbett, in dem ich versank. Bis Mama sagte: »Wir sollten uns überlegen, was wir zu Opas Geburtstag machen. Siebzig wird man schließlich nicht jeden Tag. Und er feiert es richtig groß. Guck mal, Luise, gestern ist die Einladung gekommen.«

Sie reichte mir die Karte. Da war noch alles in Ordnung. Ich freute mich sogar. Ich mag Opa. Er wohnt in Köln und wir sehen ihn nicht so oft. Aber wenn wir ihn sehen, dann ist er lustig und verrückt und macht sich immer ein bisschen über seinen Sohn lustig – also über Papa –, der so korrekt und wissenschaftlich und vorsichtig ist.

Auf der Vorderseite der Karte prangte Opas Foto, mit breitem Grinsen im Gesicht und einer bunten Karnevalsmütze auf dem Kopf. *Auweia!* stand darunter. *Schon siebzig! Helft mir feiern! Kommt alle!*

Ich klappte die Karte auf. »Große Feier im Severinstor«, las ich langsam. »Am Elften im Elften um elf Uhr elf geht's los! Kommt im Karnevalskostüm!«

»Typisch mein Vater!«, grummelte Papa und schob seinen Teller zurück. »Wird siebzig, und alles, was ihm einfällt, ist ein Karnevalsfest. Als ich klein war, ist er ständig zu seiner blöden Theatergruppe gerannt und hatte nie Zeit für uns, und jetzt ist es der Karnevalsverein! Am liebsten würde ich gar nicht hinfahren!«

Mama legte ihm beruhigend die Hand auf den Arm. »Natürlich fahren wir hin.« Sie goss ihm noch eine Tasse Kaffee ein. »Das ist doch eigentlich eine lustige Idee mit diesem Fest. Opa ist halt ein totaler Karnevalsfreak. Und

an seinem Geburtstag fängt nun mal auch die Karnevals-
zeit an. Am elften November, um elf Uhr elf … Luise! Was
ist mit dir? Musst du immer so schnell essen!«

Meine Eltern klopften mir gleichzeitig so heftig auf den
Rücken, dass ich fast mit dem Gesicht auf den Teller fiel.
Ich hob abwehrend die Hände, ich hustete und prustete
und spuckte die Reste von meinem Brötchen über die Plat-
te mit dem Bio-Rührei.

»Luise! Geht's wieder? Trink was! Aber langsam!«

»Alles in Ordnung!«, keuchte ich.

Aber es war gar nicht alles in Ordnung. Nichts war in
Ordnung. Der elfte November! Das Probenwochenende!

Und jetzt?

Nachdenkwolken, undichte Stellen und Geheimnisspezialisten

»Und jetzt?« Ich saß mit Aylin und Lena in der Schulkantine. Seit dem Anfang der Pause überlegten wir und überlegten, bis über unseren Köpfen kleine Rauchwölkchen erschienen – jedenfalls fast. Vor mir stand ein Teller Tomatensuppe, der langsam kalt wurde. Seit dem Sonntagsfrühstück hatte ich kaum was runtergekriegt. Schlimm genug, dass ich nicht wusste, wie ich meinen Eltern das mit dem Probenwochenende verklickern sollte, jetzt musste ich auch noch nach Köln jetten, am elften November!

»Krass«, sagte Lena. »Echt der totale Schlamassel!« Sie drehte eine Haarsträhne zu einer Ringellocke. »Und du musst unbedingt mit? Weil, eigentlich ist das ja toll mit diesem Geburtstag von deinem Opa. Wenn du hierbleiben könntest, würden deine Eltern überhaupt nicht merken, dass du zum Theater gehst.«

Ich rührte in meiner Tomatensuppe, auf der sich eine hellrote Haut gebildet hatte. »Klar muss ich mit. Ich bin die einzige Enkelin!« Ich schob den Teller so weit wie möglich zurück. »Boah, diese Tomatensuppe riecht, als hätte jemand reingepinkelt! Mir ist ganz schlecht!«

Aylin beugte sich über die Suppe und schnüffelte. »Die riecht völlig normal«, sagte sie. Dann runzelte sie die Stirn und sah mich nachdenklich an. »Das ist übrigens eine gute

Idee!« Sie nickte. »Wenn dir schlecht würde, meine ich. Schlecht mit dem Magen, so richtig mit Kotzen und so. Wenn du krank würdest. Dann müsstest du nicht mit.«

Ich winkte ab. »Du kennst doch meine Eltern. Die würden mich nie alleine lassen, wenn ich krank wäre. Dann fahren sie auch nicht. Oder zumindest einer bleibt zu Hause.«

Aylin stützte ihr Kinn in die Hand. Ihre Augen wurden schmal und schmaler, bis sie nur noch zwei Schlitze waren. Sie behauptet, das hilft ihr beim Denken, weil sie dann nur noch ihre Gedanken sieht. »Aber wenn du krank GEWESEN wärst«, sagte sie und bewegte ein paarmal ihren Zeigefinger auf und ab, »also eigentlich fast wieder gesund und nur noch ein bisschen zu schwächlich für die lange Fahrt …«

»Dann könntest du zu uns kommen!«, rief Lena, bevor ich etwas sagen konnte. »Meiner Mama wär das bestimmt recht! Du wärst versorgt und deine Eltern könnten in Ruhe fahren.«

»Das wär ja …«, fing ich an.

»Warte!« Aylin wischte die bekleckerte Tischplatte vor ihrem Platz mit ihrer Serviette sauber, zog ihren Monatsplaner aus der Tasche und setzte sich gerade hin. »Das muss genau geplant werden. Der Geburtstag ist am Elften, oder?«

Ich nickte. »Dann würden sie am Freitag fahren. Freitag, den Zehnten.«

»Das heißt, du musst spätestens …«, Lena rechnete an den Fingern zurück, »Freitag, Donnerstag, Mittwoch … du musst spätestens am Mittwoch anfangen, krank zu werden.«

›Für jemanden mit einer Vier minus in Mathe kann Lena ziemlich gut rechnen, wenn's drauf ankommt‹, dachte ich.

Aylin fuhr mit dem Zeigefinger an ihrem Planer entlang. »Mittwoch schreiben wir die Mathearbeit«, sagte sie streng. »Da kann sie nicht fehlen.«

»Und Mittwoch ist auch Theatergruppe«, rief ich. »Da will ich unbedingt hin, so kurz vor der Aufführung.«

Lena überlegte. »Dann wirst du eben in der Nacht krank. Bei mir fängt so was immer nachts an. Besonders in der Nacht vor Klassenarbeiten …« Sie kicherte. »Oder schon am Mittwochabend, wenn du nach Hause kommst. Iss dich noch mal ordentlich satt vorher! Wenn du krank wirst, kriegst du ja nur noch Tee und Zwieback zu essen.«

Wir grinsten uns an. »Ihr seid echt die Größten!«, rief ich. »Ihr kriegt Freikarten für unsere Vorstellung, das ist schon mal sicher! Gebt mir fünf!«

Es klang wie ein guter Plan. Wie ein Plan, der klappen konnte. Aber – ich musste seufzen. Noch ein Lügenmärchen! Noch mehr Stress! Zwei Tage so tun, als wäre ich krank! Es ging ja nicht anders, aber ich hatte das so satt!

Mit gesenktem Kopf schluffte ich in die Klasse zurück und latschte genau in Viktor hinein.

»Uuups«, sagte ich, »schulligung!«

»War meine Schuld«, murmelte Viktor. »Tummelei. Musste grad über was nachdenken.«

»Ich auch«, sagte ich. »Hast du nachher kurz Zeit? Nach der Schule, hinter dem Schuppen?«

»Hmmm«, sagte Viktor. »Aber nur kurz. Bis dann.«

* * *

Der Schuppen mit den Gartengeräten steht ganz hinten im Schulgarten, oder besser gesagt, er lehnt an der Mauer, so krumm und schief, wie er ist.

Als ich hinkam, saß Viktor schon auf dem Rand der Schubkarre, die vor dem Schuppen stand. Ich setzte mich neben ihn. Von Weitem sah es wahrscheinlich so aus, als ob wir darauf warteten, dass uns jemand abtransportierte und irgendwo auskippte. ›Das würde passen‹, dachte ich. Irgendwo ausgeschüttet werden und dort einfach liegen bleiben dürfen, auf einem gemütlichen Komposthaufen mit Biomüll.

»Na«, sagte Viktor, »du siehst ja aus wie an die Wand gespuckt und wieder abgekratzt. Was 'n los?«

Ich prustete. »Ich weiß gar nicht, wo ich anfangen soll«, stöhnte ich.

Viktor zuckte mit den Schultern. »Fang irgendwo an«, sagte er.

Und das tat ich: Probenwochenende, Opas Geburtstag, der Plan mit dem Magen, die ständige Lügerei. Die Angst, dass alles rauskam und dass ich dann nicht weitermachen durfte mit dem Theater. Stress, Stress, Stress.

»Du armes kleines Schwesterchen«, sagte Viktor, »ein Glück, dass du so nette Freundinnen hast. Und außerdem«, er grinste, »auch noch so 'n coolen Bruder! Einen Zwillingsbruder noch dazu! – Hey! Hey! Was 'n los? Hier, nimm mein Taschentuch! Oh Mann, oh Mann, bei dir muss irgendwo eine undichte Stelle sein!«

Ich heulte Viktors Taschentuch voll, bis es sich fast auflöste und ich das Gefühl hatte, dass ich mich selber gleich mit auflöste und durch den Schulgarten davonfloss. Die Tränen gluckerten mir einfach so aus den Augen, wie Wasser aus einem Blumentopf, den man zu sehr gegossen hat.

Viktor legte mir die Hand auf den Arm und sah mich besorgt an. »Mensch, Zwillingsschwesterchen! Mach dich doch nicht so fertig!«

Und da musste ich ihm einfach alles erzählen. Wirklich alles diesmal. Von dem Album und dem Ultraschallfoto und Felix und …

»Boah«, stöhnte Viktor. »Krass!« Ein paar Minuten sagte er nichts und drehte an den Schnüren von seinem Hoodie. Dann wischte er sich mit dem Handrücken die Haare aus der Stirn. »Deswegen bist du auf die Sache mit dem Bruder gekommen. Ich hab mich schon gewundert – so ausgedachte Geschwister, das kenn ich eigentlich nur von meiner kleinen Schwester, und die ist fünf.«

Ich schniefte ein letztes Mal tief auf. »Du hast eine Schwester?«

Viktor nickte. »Und ob!« Er grinste. »Und die ist nicht ausgedacht, das kann ich dir sagen. Die ist so echt, dass jemand sie jeden Morgen zur Kita bringen muss. Und jeden Nachmittag wieder abholen. Und wenn meine Mutter Dienst hat – rat mal, wer das dann ist.« Er zeigte auf sich selber.

»Ist deine Mutter Ärztin?«, fragte ich.

»So ähnlich«, sagte Viktor. »Krankenschwester. Scheißschichtdienst. Mal nachts, mal tagsüber, mal nachmittags – na ja, und wir sind nur zu dritt. Neuerdings.« Viktors Gesicht verdüsterte sich. »Da ist es ja klar, dass ich ihr helfe. Aber ich muss halt ständig auf der Matte stehen, wenn was ist.«

»Und Babysitter?«, fragte ich.

Viktor tippte sich an die Stirn. »Weißt du, was so 'n Babysitter in der Stunde kostet? Nee, und ich find das ja auch okay. Will bloß nicht, dass die anderen in der Klasse das wissen – ich hör sie schon! ›Babysitter, Babysitter!‹«, Viktor ahmte Chantals schrille Stimme nach. »Aber sonst … Bin ja sozusagen der Mann im Haus. Meine Mutter sagt immer, sie weiß gar nicht, was sie ohne mich anfangen sollte. Nur manchmal …« Viktor hob mit einer Mischung aus Stolz und Verzweiflung die Hände, rieb sich die Augen und gähnte.

Ich sah vor mich hin. »Und ich denk, ICH hab Stress«, sagte ich leise.

Viktor zuckte mit den Schultern. »Gibt halt viele Arten von Stress. Tini könnte ja auch bis sieben in der Kita bleiben. Aber von morgens um sieben bis abends um sieben – nee, das will ich nicht. Und es geht ja auch. Die Kita ist zum Glück hier in der Nähe. Aber wenn Mama Nachtdienst hat, und Tini hat immer so schlechte Träume …«

Vor meinem inneren Auge tauchte Viktor auf, der nachts um zwölf vor der Jugendherberge herumschlich.

»Tini war das, mit der du von Juist aus telefoniert hast!« Viktor nickte.

»Aber sie ist doch wohl nachts nicht allein!«, rief ich.

Viktor tippte sich an die Stirn. »Nein, bist du verrückt! Dann schläft Frau Pieselang bei uns, unsere Nachbarin.

Aber die Monster aus den Träumen vertreiben, das kann halt nur ich.«

»So 'n Bruder hätte ich auch gern gehabt!«, seufzte ich.

»Jetzt hast du einen«, sagte Viktor. »Nicht gerade ein echtes Bruderherz, aber einen Herzensbruder.« Er zeigte auf sein Herz und grinste. »Sozusagen.«

»Na, ihr zwei?«

Wir drehten uns mit einem Ruck um. Den Gartenweg entlang schlenderte Grüni, eine Hand in seiner hippen Lederjacke, mit der anderen winkte er uns zu. »Ihr sitzt da wie Brüderchen und Schwesterchen. Fehlt nur noch das Reh. Aber jetzt bin ich ja da.« Grüni lächelte uns vergnügt an. »Verratet mich nicht!« Er zog eine Zigarettenschachtel aus seiner Jackentasche, zündete sich eine Zigarette an, nahm einen tiefen Zug und hielt sie dann in den Zwischenraum zwischen Schuppen und Mauer. »Das muss unser dunkles Geheimnis bleiben.«

»Keine Sorge, Herr Grün«, sagte Viktor und stand von der Schubkarre auf, »dunkel oder hell – Geheimnisse, die sind sozusagen unser Spezialgebiet.«

* * *

Tini war echt süß. Jetzt, wo ich wusste, warum Viktor immer zu spät kam und nach der Schule so schnell losflitzte und eigentlich nie Zeit hatte, nur gerade knapp fürs Theater, ging ich manchmal mit zur Kita und wir holten Tini zusammen ab. »Na«, fragte die Erzieherin, als ich zum ersten Mal mitkam, »ist das deine Freundin, Viktor?«

»Nee«, sagte Viktor, »das ist meine Zwillingsschwester.«

Die Erzieherin lachte. »Na, dann könnt ihr euch das ja in Zukunft teilen mit dem Abholen.«

»Ich will nicht geteilt werden!«, zeterte Tini. »Und das ist gar nicht Viktors Schwester. Ich bin das doch!«

Viktor nahm sie in den Arm. »Wir machen Spaß«, sagte er. »Hier, guck mal, Herr Schlappohr hat sich schon den ganzen Tag auf dich gefreut!« Er zog den Hasen aus seinem Rucksack, drückte ihn Tini in den Arm und winkte der Erzieherin. »Tschüss, Frau Krekel! Bis morgen!«

Zum Glück hatte Viktors Mutter am nächsten Mittwoch keine Schicht, sodass er zur Theatergruppe kommen konnte.

»Was ist denn jetzt mit Anna?«, fragte ich, als wir in der U-Bahn saßen und die Dunkelheit der Tunnel im Wechsel mit den erleuchteten Haltestellen an uns vorbeiglitt.

Viktor schaute auf die Spitzen seiner Turnschuhe. »Hab sie nicht gefragt«, murmelte er düster.

»Viktor!« Ich beugte mich zu ihm hinüber und guckte ihn von unten an, sodass ich sein Gesicht sehen konnte. »Aber du willst sie doch eigentlich fragen, oder?«

Viktor nickte.

»Dann fragst du sie heute!«, rief ich und schlug mir auf den Oberschenkel. »Das ist die letzte Gelegenheit! Mann, du machst dir echt Mauern, wo bloß Kreidestriche sind!«

»Was denn für Kreidestriche?«, brummelte Viktor verwirrt.

Ich winkte ungeduldig ab. »Egal. Das is' so 'n Sprichwort. Also du fragst sie. Schwör, Alter, sonst … äh … sonst bin ich nicht mehr deine Schwester!«

Wir grinsten uns an. Viktor setzte sich gerade hin. »Dann muss ich ja wohl«, sagte er.

Von der Bühne aus sah ich, dass er im Zuschauerraum mit Anna flüsterte, dass ihr Gesicht aufleuchtete und dass sie begeistert nickte. ›Na endlich‹, dachte ich.

Einladung, Meinladung, Keinladung oder Viktor und Anna und Felix

»Unser Stück wird SO toll!« Tilda strahlte, als wir mit der Probe fertig waren. Sie schüttelte den Kopf und lachte ungläubig, als könnte sie es selber nicht fassen. »Und ihr – ihr werdet jedes Mal noch besser! Eure Eltern werden platzen vor Stolz! Ich hab schon die Einladung entworfen. Tataaaa!«

Aus ihrer riesigen Tasche mit der bunten Glasperlenstickerei fischte sie eine Klarsichthülle, nahm ein Blatt heraus und schwenkte es triumphierend durch die Luft.

Wir beugten uns über das Blatt, rissen es uns aus den Händen – »Vorsicht, macht es nicht kaputt!« –, reichten es weiter.

Das Böse ist immer und überall stand darüber. *Eine Eigenproduktion der Theatergruppe Imagino* ging's weiter. *Spannung, Gruseln, Lachen!*

Eigenproduktion! Wie das klang! Wir sahen uns stolz und strahlend in die Augen. Ich musste so sehr grinsen, dass mir die Mundwinkel wehtaten. Aber zugleich …

Kommen Sie! Wir freuen uns auf Sie!

Darunter standen Datum, Ort und Uhrzeit. *Freitag, der 17. November, 19.00 Uhr.*

Und alle unsere Vornamen.

Tilda lehnte am Bühnenrand und strahlte am allermeisten. »Gefällt's euch? Ja? Soll ich's so lassen?«

Wir nickten. Noch nicht mal Sabrina hatte etwas zu meckern. »Dann kopiere ich jetzt die Einladung für alle«, sagte Tilda. »Könnt ihr inzwischen eure Adressen auf die Umschläge schreiben und Briefmarken draufkleben? Ich leg euch alles hierhin.«

»Wir können die doch einfach mitnehmen, die Einladungen«, sagte ich so harmlos wie möglich.

Viktor warf mir einen schnellen Blick zu. Er war der Einzige, der wusste, warum ich das sagte. Eine Einladung, die man einfach so mitnahm, konnte man übergeben – oder auch nicht. Und meine Einladung, die an meine Eltern, die durfte nie …

Tilda sprang fast aus ihren roten Schuhen vor Empörung. »Einfach so mitnehmen!«, rief sie. »Auf keinen Fall! Die sollen hochoffiziell mit der Post kommen. Das habt ihr ja wohl verdient!«

Wie in Trance malte ich, wie alle anderen, meine Adresse auf den Umschlag. Es grummelte in meinem Bauch, mein Hals war so eng, dass ich mich fragte, wie ich überhaupt noch Luft kriegen konnte. Für einen Augenblick überlegte ich, einfach eine falsche Adresse draufzuschreiben, aber das hätte ja nichts genützt, der Brief wäre einfach ans Theater zurückgekommen.

Moddermist! Irgendwie musste ich verhindern, dass Papa und Mama diese Einladung bekamen! Aber ich konnte doch nicht ständig unseren Briefkasten bewachen!

»So«, sagte Tilda und teilte die Kopien aus, »jetzt nur noch in die Umschläge und nachher schicke ich alles los.«

Ich sprang auf. »Das kann ich machen!«, rief ich. »Ich komme auf dem Weg zur S-Bahn sowieso an einem Briefkasten vorbei.«

»Ach, prima«, sagte Tilda mit dieser energischen und begeisterten Betonung, die sie immer hat. »Das ist ja supernett von dir. Dann bitte die Briefe an Luise, zu treuen Händen.« Sie lachte. »Und achtet bitte alle drauf, ob die Einladung an eure Eltern ankommt – und dass sie sie auch lesen – nicht, dass sie denken, es ist Reklame!«

Alle nickten. Und ich versenkte die Briefe sorgfältig in dem Briefkasten an der S-Bahn-Station. Alle. Bis auf einen. Einen zerriss ich in kleine Schnipsel, die ich in den nächsten Müllbehälter rieseln ließ. Abteilung Restmüll.

»Tut mir ja echt leid für Papa und Mama«, sagte ich zu Viktor und seufzte. »Aber selbst schuld, oder?«

☀ ☀ ☀

»Guck mal, Viktor«, sagte ich, als wir am Montag der nächsten Woche auf dem Weg zur Kita waren. »Ich hab was für Tini mitgebracht. Ein Kind für Herrn Schlappohr. Hab ich noch gefunden bei meinen Kindersachen. Meinst du, sie freut sich?«

Viktor sah den kleinen rosa Hasen kaum an. »Glaub schon«, murmelte er.

»Du findest es keine gute Idee, oder?«, fragte ich. »Ich muss ihr den ja auch nicht geben, wenn du meinst …«

Viktor winkte ab. »Nee, mach ruhig. Is' schon gut.« Er schaute auf den Weg vor sich, und es war offensichtlich, dass er an etwas ganz anderes dachte, und das, woran er dachte, war kein niedlicher rosa Hase, das merkte man deutlich.

»Du hast doch was!«, rief ich. »Was ist denn los?«

Viktor vergrub seine Hände in den Hosentaschen und ließ die Schultern hängen. »Nix«, sagte er.

»Mensch, Viktor, Brüderchen!« Ich gab ihm einen Schubs. »Jetzt komm schon, spuck's aus! Ist was passiert?«

Viktor nickte. »Ja«, sagte er düster. »Es ist was passiert. Anna hat … Anna ist …«

Erst jetzt fiel mir wieder ein, dass er sich ja am Wochenende mit Anna getroffen hatte.

»Aber sie hat doch Ja gesagt!«, rief ich erschrocken.

Viktor kickte einen Stein weg. »Sie hat sofort Ja gesagt«, rief er wütend. »Sie hat keinen Moment nachgedacht!«

»Ja, aber dann …«, blubberte ich verständnislos. »Die steht auf dich! Die hat schon auf dich gestanden, als sie dich noch gar nicht kannte!«

Viktor senkte den Kopf tiefer. »Sie steht auf Felix«, murmelte er. Ich hatte ihn noch nie so niedergeschlagen gesehen.

Ich blieb stehen. »Aber … aber besser könnt's doch gar nicht sein! Du bist doch Felix!«

»Ich bin eben nicht Felix!«, rief Viktor. »Ich bin Viktor!«

Eine Dame, die mit ihrem schwarzen Mops an der Leine vorbeischnaufte, sah uns misstrauisch von der Seite an, zog ihren Hund an sich und schnaufte eilig davon.

»Verstehst du nicht«, sagte Viktor, holte tief Luft und bemühte sich, wieder ruhiger zu werden. »Anna – die meint doch gar nicht mich. Sie meint Felix. Felix, den Tollen, der alles kann und alles macht. Hip-Hop und Hauptrollen und Gesang und was weiß ich noch alles! Wenn sie wüsste, wie ich wirklich bin, niemand Besonderes, so 'n ganz normaler Typ ...«

»Das stimmt nicht!«, rief ich. »Du bist so toll! Du bist in Wirklichkeit viel cooler als Felix! Du bist so 'n toller Bruder! So 'n tolles Bruderherz – und – so 'n toller Herzensbruder! Jemand Besseren kann man sich gar nicht wünschen!«

Viktor schluckte und zuckte mit den Schultern. »Ja, aber ob sie DAS cool finden würde? Sag doch selbst – Tini von der Kita holen und ihr das Essen warm machen – wie cool ist das wohl?« Er schüttelte den Kopf.

»Und wenn du's einfach versuchst und es ihr sagst?«, schlug ich vor.

»Niemals«, rief Viktor, »dann hab ich ja überhaupt keine Chance mehr! Außerdem ist es für dich peinlich, wenn das rauskommt.«

»Is' doch egal«, sagte ich. »Damit komm ich schon klar. Wir können ja sagen, es war ein Scherz.«

»Nee. Lass stecken.« Viktor seufzte tief. »Ich ... ich mach jetzt einfach so weiter. Zumindest bis zur Aufführung. Und dann – mal sehen. Aber toll ist das nicht, das kann ich dir sagen. Zuerst war's lustig, aber auf die Dauer ... Is' nicht so cool, ständig jemand anders zu sein. Und immer lügen zu müssen. Vor allem, wenn einem jemand wichtig ist.«

Ich dachte an Papa und Mama und mein Theatergeheimnis. »Willkommen im Klub!«

* * *

Und so huschte die Zeit vorbei, und alles blieb, wie es war. Viktor und Anna saßen zusammen im Zuschauerraum, wenn Anna nicht auf der Bühne war. Und an den Mittwochen, wo Viktor nicht kommen konnte, weil er angeblich beim Jungen Schauspielhaus Theaterprobe hatte, sprach Anna von ihm.

»Es war so super mit ihm auf dem Theaterfestival«, seufzte sie. »Die meisten Jungs reden ja immer nur von sich selber. Aber Viktor, der hört wirklich zu.« Anna lächelte verträumt. »Bloß … seitdem ist er … ich weiß nicht … irgendwie so komisch. Hat er was gesagt?«

Ja, er hatte was gesagt. Und ob! Ich zuckte mit den Schultern. »No, nicht, dass ich wüsste.«

»Vielleicht hab ich was falsch gemacht«, grübelte Anna. »Oder vielleicht findet er mich langweilig. Meinst du, dass er mich langweilig findet?« Sie legte mir die Hand auf den Arm und sah mir besorgt in die Augen. »Weil, er ist so toll, und ich bin … na ja … ich bin ja eigentlich niemand Besonderes.«

Tilda sah uns an, legte den Finger auf den Mund und hob die Hand. »Bitte Ruhe im Publikum!«, flüsterte sie freundlich, aber entschieden.

Und so lächelte ich Anna nur beruhigend zu und gab ihr das Daumen-hoch-Zeichen. Für einen Augenblick dachte ich, dass es wichtig war, was sie gesagt hatte. Und dass ich unbedingt mit Viktor darüber sprechen wollte.

Aber es war der Mittwoch vor dem Probenwochenende, und von dem Augenblick an, als ich, langsam und schon mit einer Hand auf dem Bauch, durch unsere Haustür wankte, hatte ich andere Sachen im Kopf. Aylin hatte mich extra noch mal an den Termin erinnert – sie hatte ihn sich in ihrem Wochenplaner rot markiert und Lena hatte mir drei fette Schokomuffins in die Schule mitgebracht. »Denn du kannst ja kein Abendbrot essen«, sagte sie. »Viel Glück!«

Aber auch so hätte ich niemals vergessen, dass dieser Mittwoch ein besonderer Mittwoch war. Ich dachte ja seit Tagen an nichts anderes. Ich schlief schlecht, träumte, dass alles rauskommen würde, hatte ein rumpeliges Gefühl im Bauch. Und deswegen war es fast die Wahrheit, als ich beim Abendbrot sagte: »Ich glaub, ich kann nichts essen – mir ist so kodderig irgendwie!«

Ich rannte aufs Klo und würgte, so laut ich konnte.

Theater zu Hause

Mama steckte mich ins Bett und holte unser dickes Medizinbuch, das schon ganz abgegriffen ist, weil Mama es immer liest, wenn jemand von uns irgendein Krankheitszeichen hat. Und eigentlich ist ja alles ein Krankheitszeichen oder kann sich jedenfalls dazu entwickeln. Sie liest es so oft, dass ich mich wundere, dass sie es nicht schon auswendig kann. Sie sieht nie im Internet nach, weil sie sagt, oder vielmehr Papa sagt: »Ins Internet kann jeder jeden Quatsch stellen, aber dieses Buch ist durch die Deutsche Medizinische Gesellschaft abgesegnet.« Oder so ähnlich. Jedenfalls stand da: *Bei Durchfall und Erbrechen – einen Tag Teefasten. Keine feste Nahrung.* Und so wie Mama geartet ist, heißt keine feste Nahrung: noch nicht mal ein Krümel Zwieback. Ich stöhnte auf.

Mama sagte ihre Termine für den nächsten Tag ab. »Meine Tochter ist krank«, hörte ich ihre besorgte Stimme am Telefon, die so klang, als ob ich im Sterben läge. ›Mein Gott‹, wollte ich schreien, ›ich hab ein bisschen Magen-Darm und noch nicht mal das ist echt! Musst du immer so übertreiben!‹

Aber das machte ich natürlich nicht. Außerdem war es in diesem besonderen Fall ja gut, dass sie so besorgt war. Ich lag also am Donnerstag im Bett und zog ein leidendes Gesicht, wenn Mama mir Pfefferminztee brachte und Cola, aus dem sie die Bläschen herausgequirlt hatte. In regelmäßigen Abständen wankte ich aufs Klo und machte Kotzgeräusche. Alles klappte gut. Jedenfalls zuerst. Mama kam keinen Moment auf die Idee, dass ich nur so tat als ob. Aber mich nervte das alles. Wie einfach wäre es gewesen, wenn Papa und Mama mir erlaubt hätten, an der Theatergruppe teilzunehmen! Dann müsste ich jetzt nicht zu Hause Theater spielen. Gefährliches Pflaster! Ich schnaubte und boxte in mein Kopfkissen. Bisher war mir in Bahrenfeld und auf dem Weg zum Theater noch nie was passiert!

Aber auch wenn ich ziemlich genervt war, hatte ich doch ein schlechtes Gewissen, wenn Mama mich so lieb und besorgt ansah, und ein komischer Teil von mir wünschte sich sogar fast, dass sie mir nicht glaubte.

Es war wie damals, als ich noch in die Grundschule ging und heimlich Geld aus Mamas Portemonnaie genommen hatte, um mir am Kiosk in der Schwimmhalle Süßigkeiten zu kaufen. Ich bekam ja bloß Dinkelkekse. Süßigkeiten gab es bei uns nur zu Weihnachten, zum Geburtstag und zu Ostern, und auch dann nur mit der Ermahnung, aber GLEICH hinterher die Zähne zu putzen. Mama ließ ihre Handtasche immer im Flur liegen, und wenn sie in ihrem Zimmer saß und arbeitete, war es nicht schwer, hier mal einen Euro und dort mal ein Zwei-Euro-Stück aus ihrem Portemonnaie zu grabbeln. Aber irgendwann muss es ihr doch komisch vorgekommen sein, denn sie fragte mich: »Luise, sag mal, du nimmst dir doch kein Geld aus meinem Portemonnaie, oder?«

»Nein!«, rief ich. »Natürlich nicht!«

»Entschuldige«, sagte Mama, »das hätte ich auch nicht gedacht. Dann hab ich mich wohl getäuscht.«

Sie glaubte mir. Sie glaubte mir einfach, weil sie sich nicht vorstellen konnte, dass ich sie beschwindelte und beklaute. Und ich sehnte mich so sehr danach, dass sie mir nicht glaubte! Dass sie noch mal nachfragte und noch mal, damit ich es gestehen konnte und mein Gewissen entlasten oder wie das heißt. Aber sie fragte nicht weiter und ich blieb mit meinem schlechten Gewissen allein.

So ähnlich war es auch jetzt. Sie glaubte einfach nichts Böses von mir. Und richtig böse war es ja auch nicht, aber es war eben auch nicht wirklich gut …

Trotzdem fing ich allmählich an, mich zu entspannen. Alles lief genau nach Plan. Den ganzen Vormittag.

Bis Mama mir zum fünften Mal die Hand auf die Stirn legte und murmelte, ob man nicht doch mal Fieber messen sollte, und ich gerade überlegte, wie ich mich in die Küche schleichen und mir etwas zu essen organisieren könnte. Da griff Mama sich auf einmal an den Bauch und rannte aus dem Zimmer. Ich hörte, wie sie sich im Bad übergab.

»Oh Gott, oh Gott«, flüsterte sie, als sie wiederkam, bleich und mit Schweißtröpfchen auf der Stirn, »vielleicht hast du mich angesteckt. Der arme Opa! Jetzt kann ich auch nicht mitkommen.«

Oh du megamieser Moddermist! Mir wurde vor Schreck wirklich schlecht. Wie konnte sie sich anstecken mit einer Krankheit, die es gar nicht gab? Wenn sie zu Hause blieb, dann konnte ich das Probenwochenende knicken! Dann gab es auch keinen Grund, dass ich zu Lena zog! Ich tauschte panische Nachrichten mit Lena, Aylin und Viktor.

Aber diesmal fiel uns allen nichts ein. Niemandem von uns.

* * *

Den kompletten Nachmittag über lag ich im Bett und grübelte und grübelte. Es half nicht gerade beim Nachdenken, dass ich den ganzen Tag nichts zu essen bekommen hatte.

Mein Kopf war so leer wie mein Magen. Abwarten und Tee trinken, heißt doch dieses eine Sprichwort. Das mit dem Teetrinken, Pfefferminztee in meinem Fall, das stimmte ja. Leider. Aber abwarten, und dann noch in aller Ruhe, das konnte ich auf keinen Fall! Es war Donnerstag, und ich hatte nur noch ein paar Stunden, um eine Lösung zu finden. Ich wäre fast explodiert im Bett, mehr so nach innen explodiert, denn nach außen hin musste ich ja ruhig erscheinen. Einmal stöhnte ich aus Versehen auf vor lauter Stress, als Mama im Zimmer war.

»Luise!«, rief Mama sofort. »Ist dir noch schlechter geworden, meine Arme? Soll ich dir einen Eimer neben dein Bett stellen?«

»Nee, geht schon«, knurrte ich. »Und was ist mit dir? Geht's dir besser?«

»Du bist so lieb«, rief Mama gerührt. »Da bist du selber krank und denkst nur an mich!«

Manchmal, wenn man total über ein Problem nachgrübelt und sich bemüht und bemüht, dann findet man zwar nicht selber die Lösung. Aber sie kommt dann doch, und komischerweise aus einer Richtung, aus der man sie gar nicht erwartet hätte.

In diesem Fall kam sie von Papa und das hätte ja wohl niemand gedacht. Als er abends nach Hause kam und Mama ihm gleich erzählte, dass sie sich auch übergeben hatte, war er – wie soll ich das erklären? Er nahm Mama in den Arm, gab ihr einen Kuss und sagte: »Ach, du meine Allerärmste!« Aber zugleich war er nicht überrascht oder erstaunt oder so, schon gar nicht erschrocken. Es war fast, als hätte er so etwas erwartet, dachte ich, aber das war natürlich Quatsch, er ist ja schließlich kein Hellseher. »Luise kann dich gar nicht angesteckt haben«, sagte er. »Rein wissenschaftlich ist das unmöglich. So schnell geht das nicht. Das muss«, er warf Mama einen schnellen Blick zu, »das muss etwas anderes sein.«

Mama lächelte ein bisschen. »Meinst du?«, fragte sie.

Papa nickte. »Denk ich schon. Wir warten in Ruhe ab, wie du dich morgen fühlst und …«

»Aber ganz egal, wie ich mich fühle«, rief Mama, »Luise kann auf keinen Fall allein hierbleiben!«

Ich setzte mich im Bett auf und versuchte fit auszusehen, wenn auch natürlich nicht zu fit. »Mir ist schon besser. Mir ist fast gar nicht mehr schlecht. Nur«, ich legte mich wieder hin, »nur ein bisschen schwach bin ich halt noch.«

›Jetzt‹, dachte ich. ›Jetzt kommt's drauf an.‹ Ich holte tief Luft. »Ich könnte … äh … ich könnte bei Lena bleiben«, sagte ich, so harmlos ich konnte. »Ich habe schon mit ihr telefoniert. Ihre Mama ist einverstanden und sie wohnen doch gleich nebenan. Dann könntet wenigstens ihr beide nach Köln fahren.«

Papa und Mama wiegten den Kopf, und zwar genau gleichzeitig, als hätten sie ein Ballettstück eingeübt. Aber mit dem, was sie sagten, tanzten sie voneinander weg, sozusagen.

»Recht ist mir das nicht«, seufzte Mama.

»Wenn's dir wieder besser ist, dann kannst du ja vielleicht doch mitfahren«, sagte Papa.

›Nein!!!‹, rief ich. Nein mit drei Ausrufezeichen geschrieben. Aber ich rief es nur in meinem Kopf. Denn bevor ich etwas sagen konnte, winkte Mama entschieden ab.

›Was für ein Glück‹, dachte ich, ›dass ich eine Mutter habe, die sich immer total übertrieben Sorgen macht. Jedenfalls manchmal ist das ein Glück.‹

»Das kommt gar nicht infrage! Luise, ich sehe dir doch an, dass du dich dafür noch nicht gesund genug fühlst! Eine Mutter spürt so etwas!«

Ich nickte eifrig.

»Das Kind bleibt hier und erholt sich!«, sagte Mama. »Notfalls«, sie seufzte, »notfalls eben bei Lena. Man muss so was ordentlich auskurieren, die Grippezeit fängt an, nicht, dass sie sich in Köln gleich den nächsten Infekt holt! Opa wird das bestimmt verstehen.«

Ich nickte noch einmal mit betrübtem Gesicht.

Und so wurde es gemacht. Mama war am Freitag wieder gesund und sah geradezu strahlend aus. Ich zog am Nachmittag mit Übernachtungsklamotten zu Lena und versprach, mich zu schonen und nichts anderes zu tun, als mit Lena Serien zu gucken. Meine Eltern bedankten sich sehr bei Lenas Mama, banden mir noch mal auf die Seele, ich sollte mich auf keinen Fall anstrengen, und fuhren ab, mit Geschenken und Karnevalskostümen und vielen Grüßen von Luise im Gepäck.

Das Probenwochenende

»Uff«, sagte ich zu Viktor, der zum Probenwochenende mitkommen konnte, weil seine Mutter freihatte, »bin ich froh, wenn das Theaterstück vorbei ist! Ich habe diese Lügerei so satt! Wenn ich gewusst hätte, wie anstrengend das ist, hätte ich das nie angefangen!« Aber noch während ich das sagte, dachte ich: ›Doch, ich hätte das angefangen. Wie gut, dass ich das angefangen habe! Ganz egal, wie viel Stress ich davon habe.‹

Mit Lenas Mama an diesem Morgen, das hatte allerdings richtig gut geklappt. Wir hatten ihr gesagt, dass wir zu Aylin wollten, und das stimmte auch, jedenfalls für Lena stimmte es. »Geht's dir denn wieder gut, Luise?«, fragte Lenas Mama, und als ich Ja sagte, war für sie alles klar.

»Ich kann manchmal gar nicht glauben, wie unterschiedlich Mütter sein können«, sagte ich zu Viktor, als wir die kleine wuselige Straße zum Theater entlanggingen.

»Hmmm«, machte Viktor, und dann sagte er nichts mehr, weil Anna aus ihrer Richtung kam und uns – oder eigentlich Viktor, natürlich – freudig und ein bisschen verlegen zuwinkte.

Der Probensamstag lief super.

Jedenfalls abgesehen davon, was ganz zum Schluss passierte und was ja auch gar nicht zu den Proben gehörte.

Wie immer, wenn ich auf der Bühne stand, wurde ich so froh, dass ich am liebsten gesungen hätte, auch wenn es gar nicht zur Rolle passte. Aber zu dieser Rolle passte es ja sogar.

»Kümmert euch nicht um mich«, rief Tilda vom Klavier aus. »Ich bin die Begleitung, ich bin dafür verantwortlich, dass ich euch immer wieder einfange.«

Wir schmetterten unsere Lieder und spielten unsere Rollen, Viktor machte die Beleuchtung und reichte uns die Requisiten aus der Kulisse und war überhaupt unentbehrlich, sagte Tilda.

Wenn sie nicht am Klavier saß, hockte sie im Zuschauerraum, gleich in der ersten Reihe. Sie saß vorgebeugt und sah und hörte sozusagen mit dem ganzen Körper zu. Manchmal machte sie kurz einen Vorschlag, manchmal kritzelte sie, ohne hinzusehen, etwas auf ihren Notizblock. Manchmal lachte sie so laut und schrill, dass es sie

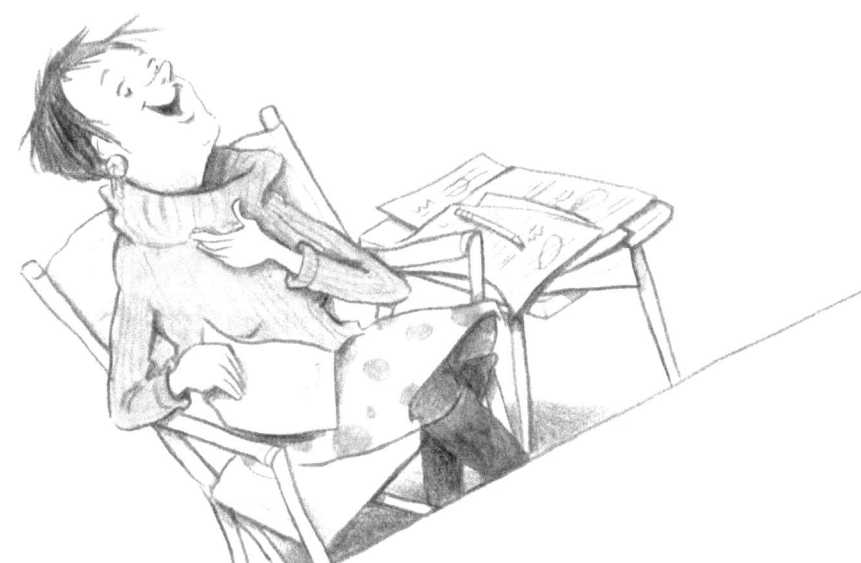

schüttelte und man Angst bekam, sie könnte keine Luft mehr bekommen. »Sensationell!«, keuchte sie. »Großartig! Ihr seid so lustig!«

Und weil Tilda sich so amüsierte und sich so freute über unsere Ideen, bekamen wir immer noch bessere Einfälle. Und als es halb vier war und ich in den Pausen mindestens drei Millionen WhatsApp-Nachrichten von meinen Eltern beantwortet hatte – »Ja, es geht mir gut, ja, wir schauen gerade *Game of Clones*, zwölfte Staffel, nein, ich kotze nicht mehr, ja, ich schone mich, ja, ich liege auf der Couch« – und Tilda »Schluss für heute« sagte und »Vielen Dank, ihr Lieben!« und »Dann sehen wir uns morgen, kommt gut nach Hause!«, da war unser Stück noch viel besser geworden, und wir federten von der Bühne, als ob im Fußboden Trampoline eingebaut wären.

Wir hätten gleich nach Hause federn sollen. Dann wär das nicht passiert, was dann passierte, obwohl es vielleicht auch wieder ganz gut war, dass es passierte.

Viktor und ich blieben etwas länger im Theater, weil Viktor die Requisiten aufräumen wollte und die Scheinwerfer gleich richtig einstellen für die erste Szene morgen und weil ich meine Oma-Perücke noch mal kämmen wollte.

»Super, dass deine Mutter das Wochenende freihat, Viktor«, rief ich Viktor zu, der hinten am Schaltpult saß. Es hallte ein bisschen in dem leeren Theater.

»Ja«, rief Viktor zurück, »und super, dass deine Eltern jetzt doch ohne dich nach Köln gefahren sind. Manchmal klappt eben alles, wie es soll.«

Und genau als er das sagte, tauchte Anna aus dem Flur zu den Toiletten auf. Ich sah Viktor entsetzt an. Wie viel hatte sie mitgekriegt von dem, was wir gesagt hatten? Wir hatten so laut gesprochen, dass es eigentlich unmöglich war, dass sie es nicht mitgekriegt hatte.

»Du … du bist noch da?«, stammelte ich. »Äh … wir dachten, ihr wärt alle schon weg.«

»Das hab ich gemerkt«, sagte Anna. Ihr Gesicht war – wie soll ich das sagen? Ich habe mal diesen Film *Die Schneekönigin* gesehen. Und so, eiskalt wie das Gesicht der Schneekönigin, so war Annas Gesicht. Und auch genauso weiß.

Viktor sprang auf. Sein Stuhl fiel polternd um. »Anna, wir können dir das erklären! Es ist nämlich so …«

»Ihr braucht mir nichts zu erklären«, sagte Anna. Ihre Stimme war genauso eisig wie ihr Gesicht, aber es war eine Stimme wie sehr dünnes Eis, sozusagen, das jeden Moment brechen kann. »Ich hab's ja gehört.« Sie schnappte sich ihren Rucksack.

Wieso hatten wir nicht gemerkt, dass er noch auf einem Stuhl gelegen hatte?

»Du bist gar nicht Luises Bruder.«

»Nee«, murmelte Viktor. Er sah Anna nicht an. »Tummelei.«

»Und das andere?« Anna beugte sich vor und streckte die Hände aus, als hätte sie Viktor am liebsten geschüttelt. »Das mit Tom Sawyer und der Hauptrolle und dem Singen und dem Hip-Hop?«

Viktor schwieg.

»Ihr habt uns verarscht!«, schrie Anna. »Du hast mich verarscht! Und ich dumme Nuss, ich glaub es alles!« Sie ballte die Faust, als wollte sie Viktor eins reinhauen, aber dann schlug sie sich selber so heftig an die Stirn, dass ich dachte: ›Das muss ihr doch richtig wehtun!‹

»Wie heißt du? Viktor? Viktor!« Sie spuckte den Namen aus wie eine bittere Mandel, auf die man aus Versehen gebissen hat. »Nicht, dass es mir besonders wichtig wäre, wie du in Wirklichkeit heißt!« Sie drehte sich um und rannte aus dem Probenraum.

Viktor schaute mich an. Ich sah, wie sein Kehlkopf rauf und runter zuckte. »Ich wusste, dass das passiert«, sagte er und nickte ein paarmal. »Genau das wusste ich.« Seine Mundwinkel zogen sich nach unten. Er tat mir so leid, dass mein Bauch anfing wehzutun.

Viktor räusperte sich. »Das war's dann wohl«, sagte er. »Zumindest hatte ich einen richtig tollen Nachmittag mit ihr beim Theaterfest.«

»Und ich bin schuld«, murmelte ich.

»Ach«, sagte Viktor, »wenn du das nicht erzählt hättest mit Felix und so, dann hätte ich sie ja gar nicht kennengelernt.« Er grabbelte seinen Hoodie aus seinem Rucksack, zog ihn sich über den Kopf, sah vor sich hin und drehte an den Kapuzenschnüren. Dann stand er langsam auf. »Komm, Schwesterchen, wir gehen.«

* * *

Ich wunderte mich, dass ich in dieser Nacht überhaupt einschlief, auf der Besuchermatratze in Lenas Zimmer. Anna würde allen alles erzählen, das war klar. Aber das war nicht das Schlimmste. Das Schlimmste war, dass sie so sauer auf uns war, vor allem auf Viktor. Und dass es genauso gekommen war, wie Viktor befürchtet hatte: »Wenn sie wüsste, wie ich wirklich bin«, hatte er gesagt, »niemand Besonderes, so 'n ganz normaler Typ ...« Jetzt wusste sie es. Und wir hatten ja gesehen, wie sie reagiert hatte.

Viktor und ich sprachen wenig, als wir am Sonntagvormittag zusammen in der S-Bahn saßen. Was hätten wir auch sagen sollen?

»Jetzt geht's gleich los mit dem Ärger«, stöhnte Viktor, als wir im Flur des Theaters unsere Jacken aufhingen.

»Wenigstens sind wir zu zweit«, wisperte ich und drückte kurz seine Hand. Meine Beine fühlten sich so wabbelig an wie die von Herrn Schlappohr, Tinis rosa Schmusehasen.

»Na, ihr zwei Zwillinge?«, rief Tilda uns entgegen, als wir mit gesenkten Köpfen in den Probenraum schlufften. »Was kommt ihr denn hier so reingeschlichen? Alles klar bei euch?«

»Hallo, Felix«, sagte Sabrina. »Wenn ich von da drüben komme, kannst du den Scheinwerfer dann ein bisschen drehen? Der blendet.«

»Sag mal, Felix«, fragte Jule, »meinst du, ich soll diese Mütze hier aufsetzen? Passt das zur Rolle? Oder eher nicht?«

Viktor und ich wechselten einen Blick. Sie hatte nichts verraten. Anna, meine ich jetzt. Jedenfalls noch nicht. Wartete sie auf die Pause? Oder sonst auf einen günstigen Moment?

Jetzt jedenfalls sagte sie gar nichts. Sie saß mit verschränkten Armen und umeinandergeschlungenen Beinen

auf dem Bühnenrand und starrte vor sich hin. Nur ihr rechter Zeigefinger bewegte sich und trommelte einen wütenden Rhythmus auf ihren Oberarm.

Viktor versprach, den Scheinwerfer zu drehen. Er sagte »Hmmm« zu der Mützenfrage. Dann schaute er einmal schnell zu Anna, senkte den Kopf und schlurfte zum Schaltpult.

Anna sah ihn nicht an. Auf der Bühne knallte sie das Mineralwasser, das sie mir bringen sollte, mit solcher Wucht auf den Tisch, dass die Flasche fast kaputtging. »Bitte sehr«, keifte sie.

»Super«, gluckste Tilda. »Tolle Energie! So hast du dieses wütende Zimmermädchen noch nie gespielt, Anna! Genau so muss es sein! Aber Luise«, sie wandte sich an mich, »du bist heute ein bisschen unkonzentriert. Versuch, ganz in deiner Rolle zu bleiben.«

Ein bisschen unkonzentriert. Das konnte man wohl sagen! Ich hatte Mühe, mich an meinen Text zu erinnern. Viktor saß blass und mit hängenden Schultern am Lichtpult und benutzte grüne Scheinwerfer, wenn er gelbe hätte nehmen sollen, und umgekehrt.

»Was ist denn nur heute mit euch los, Felix und Luise?«, fragte Tilda. »Ist zu Hause bei euch irgendwas nicht in Ordnung?«

Anna holte Luft. ›Na‹, dachte ich, ›jetzt wird sie's allen erzählen.‹ Aber sie sah Viktor und mich nur an, als wären wir etwas, was sie unter ihrem Schuh gefunden hatte, und fetzte ihr Staubtuch so dicht an meinem Ohr vorbei, dass ich es klatschen hörte. Ich musste an jemanden denken, der eine Fliege totschlagen will. ›Mannomann‹, dachte ich, ›ich muss mit ihr reden. Ich muss es wenigstens versuchen.‹

In der Pause, als Tilda noch mal mit Viktor die Beleuchtung besprach, schob ich mich neben sie.

Anna rückte von mir weg. »Hau ab«, zischte sie. »Lass mich in Ruhe!«

»Danke, dass du nichts gesagt hast«, flüsterte ich.

Anna sah mich mit blitzenden Augen an. »Meinst du, ich will, dass alle sich über mich lustig machen, weil ich auf Viktor reingefallen bin?« Sie schnaubte. »Ihr seid so was von daneben! Erzählt allen diese Geschwisterscheiße und dabei seid ihr zusammen!«

Ich merkte, wie ich vor Überraschung ganz schlapp wurde. Ein paarmal machte ich den Mund auf und wieder zu, ohne dass ich etwas sagen konnte.

»Zusammen?«, stammelte ich schließlich.

»Hörst du schlecht?«, schnappte Anna. »Zu-sam-men. Muss ich dir erklären, was das heißt, oder was?«

»Aber ... aber ... aber«, stotterte ich. »Wir sind nicht zusammen.«

»Wie?«, fragte Anna. »Er ist ... Viktor ist ... er ist nicht dein Freund? Echt jetzt?« Es war, als ob etwas von dem Eis in ihrem Gesicht anfing zu schmelzen. Aber zugleich sah sie mich misstrauisch an. »Du verarschst mich doch schon wieder.«

Ich hob die Hände. »Nein. Warum sollte ich denn? Er ist – wie soll ich das sagen – er ist schon mein Freund ...«

Das Leuchten auf Annas Gesicht verschwand. Ich legte ihr die Hand auf den Arm. Anna schüttelte sie mit einem Ruck ab. Ich beugte mich vor. »Er ist ... er ist – er ist wie ein Bruder. Er IST nicht mein Bruder, schon gar nicht mein Zwillingsbruder, aber er ist wie ein Bruder. Ein Herzensbruder sozusagen. Verstehst du?«

›Wehe, wenn sie jetzt lacht oder sich lustig macht‹, dachte ich. Aber Anna machte sich nicht lustig. Ein kleines, sehr kleines Lächeln erschien auf ihrem Gesicht, aber es war nicht, wie wenn man sich lustig macht, eher, wie wenn man anfängt, sich zu freuen über etwas, was man noch nicht ganz glauben kann. Und sich noch nicht so richtig traut, sich zu freuen.

»Aber ihr seid nicht zusammen«, sagte Anna. Sie betonte das Wort »zusammen« und sprach es besonders deutlich aus.

Ich schüttelte den Kopf. »Nee, zusammen sind wir nicht.«

Anna atmete so heftig aus, dass ich ihre Pfefferminzzahnpasta riechen konnte. Pfefferminz und ein bisschen Himbeere. Etwas Frisches jedenfalls. Dann stand sie auf und ging langsam zu Viktor hinüber.

Tilda klatschte in die Hände. »So, ihr Lieben. Pause zu Ende, wir machen weiter. Luise, viel besser jetzt! Anna, was strahlst du so? Vergiss nicht, du hast total schlechte Laune! Bleib in deiner Rolle, Anna, bleib in deiner Rolle!«

✳ ✳ ✳

»Na, ging's gut mit der Probe?«, fragte Lena, als ich sie bei Aylin abholte.

»Supergut!«, antwortete ich.

»Dann beeil dich!« Lena sah auf ihr Handy. »Ist schon gleich halb sechs, wer weiß, wann deine Eltern nach Hause kommen.«

»Ach, die kommen bestimmt erst spät heute«, sagte ich. Ich war so froh und so wie auf Wolken, dass es mir vorkam, als könne mir gar nichts mehr passieren. Heute nicht und überhaupt nie wieder.

Aylin wiegte den Kopf. »Kann trotzdem nicht schaden, wenn ihr bald zu Hause seid«, sagte sie.

Sie hatte natürlich recht. Aylin hat ja eigentlich immer recht. Als wir in den Eichenweg einbogen, sahen wir unseren alten Volvo langsam durch die Straße tuckern. Wir drückten uns hinter einen Müllbehälter und duckten uns. Zum Glück gibt es bei uns fast überhaupt keine Parkplätze, schon gar nicht am Sonntagabend, wenn alle zu Hause sind. Dadurch hatten wir ein bisschen Zeit. Wir preschten durch den kleinen Weg zwischen den Reihenhäusern bis zu Lenas Garten. Dort schlichen wir durch die Hintertür, rasten die Kellertreppe hoch, warfen uns im Wohnzimmer auf die Couch und machten den Fernseher an. Und da klingelte es auch schon. Mama stürzte außer Atem in den Flur, als wäre sie die ganze Strecke von Köln nach Batenbüttel zu Fuß gerannt, um wieder mit ihrer Tochter vereint zu sein.

»Luise, wie bin ich froh! Geht's dir gut?« Ich nickte. Mama nahm mich bei den Händen und schob mich ein bisschen von sich weg. »Lass dich anschauen, du Liebe! Ja, du siehst wieder gut aus. Ganz rosig! Richtig erholt. Es war doch besser, dass du es mal ein Wochenende hast ruhig angehen lassen.«

›Uff‹, dachte ich. ›Jetzt muss ich nur noch einen Grund finden, warum ich Freitagabend nicht zu Hause sein kann.‹ Freitag, am Siebzehnten, war ja unsere Aufführung. ›Aber da sage ich einfach, dass ich bei Aylin übernachte‹, dachte ich. ›Jetzt kann ja echt nicht mehr viel passieren.‹ Dachte ich.

Aber das Schlimmste passierte erst noch.

Kaufhausgespräche und Kuschelecken-Talk

Am Dienstag nach dem Probenwochenende war ich nach der Schule mit Mama in der Stadt. Eigentlich waren wir da, weil ich eine neue Winterjacke brauchte, aber dann sah Mama in der Damenabteilung im Vorbeigehen ein rotes Kleid.

»Ooooh, Luise«, quietschte sie, nahm das Kleid vom Kleiderständer und hielt es sich vor dem Spiegel an, »das hat hier auf mich gewartet! Du, das probiere ich kurz an. Geht ganz schnell!«

Ich nickte. ›Hoffentlich findet sie nicht noch mehr Klamotten, die auf sie gewartet haben‹, dachte ich. Ich schlenderte ein bisschen herum, guckte mir hier ein Kleid und da eine Bluse an, schrieb eine WhatsApp an Lena … Und auf einmal sah ich aus dem Augenwinkel eine Handtasche. Eine große perlenbestickte Handtasche. Ich kannte diese bunten Glasperlen. Ich kannte diese Handtasche. Jemand stand neben mir, der diese Handtasche über der Schulter trug. Ich versuchte panisch, mich hinter dem Kleiderständer zu verkriechen.

»Luise!« Tilda strahlte. »Das ist ja nett, dich hier zu treffen. Suchst du ein Kleid für die Premierenfeier? Ist das dein Handy da auf dem Boden?«

So gern ich Tilda mochte – in diesem Augenblick hätte ich sie am liebsten zurück ins Theater gebeamt. Oder noch

136

besser, mich weggebeamt. Oder Mama. Mama, die gerade in diesem Augenblick den Vorhang der Kabine zurückschob.

»Luise? Was meinst du? Ich glaube, ich nehme lieber einen anderen Schnitt, oder?« Das rote Kleid war ihr etwas zu eng. Sie hatte zugenommen, besonders am Bauch. Kein Wunder, bei all den Kartoffelchips, mit denen sie sich in letzter Zeit vollstopfte. Ein winziger Teil von meinem Gehirn, der Teil, der nicht damit beschäftigt war, hektisch zu überlegen, wie ich hier rauskommen sollte, wunderte sich, dass ich in diesem Augenblick überhaupt auf etwas so Unwichtiges achten konnte.

»Ach, das ist deine Mama!« Tilda ergriff Mamas Hand und schüttelte sie herzlich. »Das freut mich aber, Sie kennenzulernen! Ich bin Tilda!«

»Äh«, machte Mama. »Ich weiß im Augenblick nicht …«

»Tilda Romeri, die Regisseurin von Luises Theatergruppe. Luise hat ja bestimmt schon erzählt.« Tilda nickte Mama begeistert zu. »Also, Ihre Tochter, die hat ein Schauspieltalent, das haut einen um!«

Mama schien es tatsächlich umzuhauen.

»Sie können es ruhig glauben!« Tilda lachte Mama an. Ihr breiter Mund wurde noch breiter. »Wirklich – so was habe ich noch nie erlebt. Aber Sie kennen das natürlich schon von Ihrem S…«

Oh Gott, was mach ich nur? Die Kleiderständer umschmeißen, Tilda den Mund zuhalten, Mama die Ohren zuhalten, plötzlich, so laut ich konnte, ein Lied singen …

»Ach, das Sparschwein ist leer!«, schmetterte ich verzweifelt.

Tilda grinste. »Du übst ja deine Songs für die Aufführung, wo du gehst und stehst. Aber, keine Angst, du machst das super! Oder, Frau Vogelsang?« Sie nickte Mama herzlich zu. »Wir beide wissen am besten, wie super sie das machen wird! Obwohl – Sie sind nicht im Theaterbereich tätig, oder?«

»Nein«, flüsterte Mama.

Tilda wedelte mit ihren Händen durch die Luft. »Na, kann ja auch nicht jeder beim Theater sein! Gerade für zwei so künstlerisch begabte Kinder ist das vielleicht wichtig, dass die Mutter was ganz Normales macht. Und ruhig und ausgeglichen ist, so wie Sie. Ein Fels der Liebe in der Brandung der Kreativität!«

Mama sah aus, als wäre ihr der Fels der Liebe gerade auf den Kopf gefallen. »Zwei Kinder? Wieso zwei?«, flüsterte sie.

»Na, jetzt sind Sie aber wirklich zu bescheiden!« Tilda lachte. »Ihr Sohn ist doch auch eine richtige Rampensau!« Mamas Augen wurden immer größer. »Hip-Hop, Tom Sawyer, Hauptrolle … Na, das wissen Sie ja besser als ich! Aber eigentlich kein Wunder, dass die Kinder BEIDE so begabt sind. Bei Zwillingen!«

»Zwillinge?« Mama schnappte nach Luft. Es war, als ob ein böser Zauber sie zwang, immer das letzte von Tildas Worten zu wiederholen.

Tilda nickte. »Wahrscheinlich verstehen die sich deswegen so gut, Ihre beiden!«, sprudelte sie. »So gar keine

Rivalität, wie man das sonst bei Geschwistern hat!« Wieder nickte Tilda begeistert, legte mir den Arm um die Schultern und drückte mich kurz an sich. »Du und dein Bruderherz! Ein Herz und eine Seele! Die haben Sie echt super hingekriegt, die zwei. Luise und Felix.«

»F… Felix?« Mama schwankte. Sie hielt sich an einem Kleiderständer fest, der sofort wegrollte.

Tilda warf einen entsetzen Blick auf ihre Armbanduhr. »Oh Gott, mein Bus! Ich muss los! Tschüss dann, Luise! Auf Wiedersehen, Frau Vogelsang! War supernett, Sie kennenzulernen! Wir sehen uns zur Aufführung!«

Tilda rückte ihre Perlenhandtasche zurecht, winkte uns noch mal und flatterte zwischen den Kleiderständern davon.

Mama sank so plötzlich auf einen von diesen Sesseln, die immer vor den Umkleidekabinen rumstehen, als hätte ihr jemand in die Kniekehle getreten. »Ich glaube«, krächzte sie, »ich werde ohnmächtig.«

Und das wurde sie. Langsam, wie in Zeitlupe, rutschte sie vom Sessel.

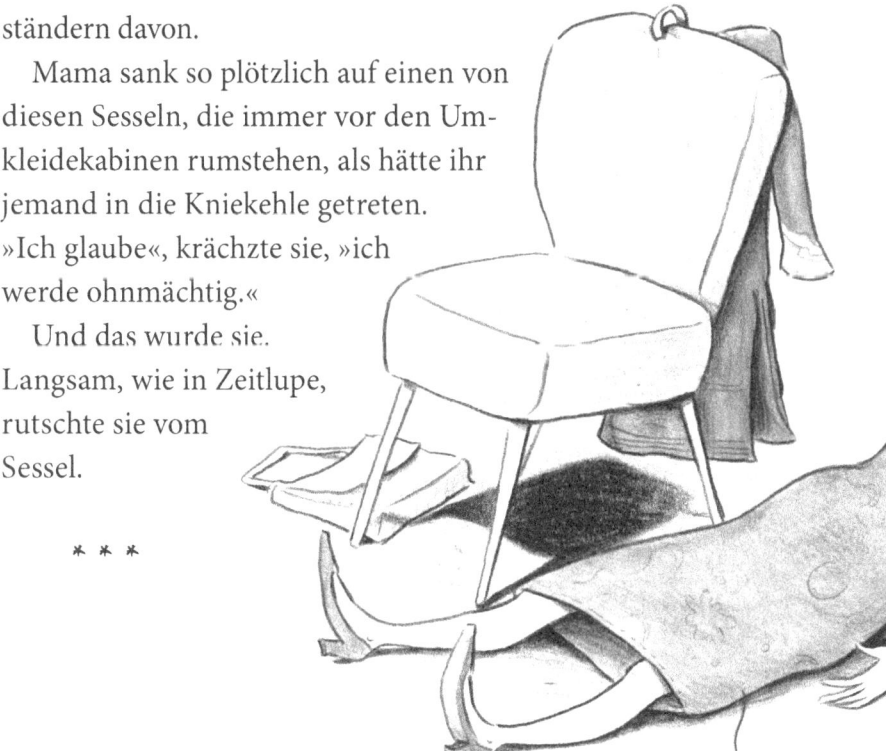

* * *

Das, was danach kam, die aufgeregten Verkäuferinnen, die um Mama herumschwirrten und ihr aus dem roten Kleid halfen, als es ihr wieder besser ging, die Fahrt mit dem netten Taxifahrer, der aus irgendwelchen Gründen ununterbrochen von seinen fünf Kindern erzählte und Mama seine private Handynummer gab, sie könnte ihn jederzeit anrufen, auch nachts, er wäre sofort da, das erlebte ich, als ob ich hinter einem Wasserfall stünde und durch die Wasserwand und das Rauschen alles nur undeutlich mitkriegte.

Und dann waren wir allein. Mama auf dem einen Kuschelsofa, ich auf dem anderen. Aber dies würde kein kuscheliges Gespräch werden, das war mir klar. Für einen verrückten Augenblick hoffte ich, dass sie alles vergessen hatte, was vor ihrer Ohnmacht geschehen war.

»Mama?«, flüsterte ich vorsichtig. »Soll ich dir
ein Glas Wasser holen?«

Aber Mama schüttelte abwehrend den Kopf. »Luise«,
fragte sie, »jetzt sag mir doch bloß – was war das eben?
Wer war das? Was ist das mit dieser Theatergruppe?
Und … und das andere?« Sie sah mich so verwirrt an
wie Lena, wenn sie eine Matheaufgabe bekommt, und ich
wusste, dass ich jetzt nicht mehr schwindeln durfte. Egal,
was passierte.

Und so erzählte ich. Die Theatergruppe. Der Theaterge-
ruch. Tilda, unsere Aufführung … Während ich erzählte,
merkte ich, wie mein Mund sich vor Freude so sehr in die
Breite zog, dass meine Mundwinkel sich fast am Hinter-
kopf trafen. Ich konnte gar nichts dagegen machen und
ich wollte auch nichts dagegen machen.

Mama starrte mich an. Langsam rückten ihre Brau-
en zusammen, bis sie sich über ihren Augen trafen und
dort einen ärgerlichen schwarzen Strich bildeten. Einen

Strich, der etwas verwischt war, weil sie sich immer wieder mit der Hand durchs Gesicht fuhr und dabei aufstöhnte.

›Oh Gott‹, dachte ich. ›Mamas Gewittergesicht! Aber ich muss es ihr doch erklären!‹ Und während mir abwechselnd die Worte fehlten und dann wieder wie von selbst aus mir heraussprudelten, wurde Mama immer wütender und wütender.

»Es ist nicht zu fassen!«, murmelte sie. »Es ist einfach nicht zu fassen!«

›Ich krieg Hausarrest!‹, wimmerte es in meinem Kopf. ›Sie lässt mich nicht mehr zum Theater! Vielleicht überhaupt nicht mehr!‹ Ich hatte noch nie Hausarrest, aber einmal ist immer das erste Mal, wie Grüni sagt, wenn ein guter Schüler etwas falsch macht. ›Und gerade jetzt! Wo wir die Aufführung haben! Und ich hab doch die Hauptrolle!‹

Ich wurde immer kleiner auf meinem Sofa. »Mama!«, jammerte ich.

Mama hörte nicht. »Ich glaub es einfach nicht«, ächzte sie. Ihre Haare waren so zerrauft, dass sie aussah wie unser Wischmopp nach dem Frühjahrsputz. »Ich bin so doof!«, rief sie. »Wie dämlich kann man sein!« Sie sprang auf und fing an durchs Zimmer zu wandern, so wie sie das tut, wenn sie sich total aufregt. Sie nimmt immer denselben Weg auf dem Teppich, auf dem sich schon ein richtiger Trampelpfad gebildet hat. »All die Jahre denkt man, man hat das Beste für sein Kind im Auge!«

»Aber, Mama!«

Mama achtete nicht auf mich. »Und irgendwann«, redete sie weiter, »irgendwann merkt man, dass man das Kind dabei gar nicht mehr sieht. Und das Kind muss sich heimlich wegschleichen. Heimlich! Dahin, wo es sich richtig wohlfühlt! Weißt du was, Luise?« Mama machte eine Pause auf ihrer Wanderung und holte tief Luft. »Ich hätte mich auch angelogen!« Sie nickte wütend. »Kannst du mir doch mal ein Glas Wasser holen? Ich brauch dringend was zu trinken!«

Ich wankte in die Küche und brachte Wasser und Apfelsaft. Auch ich brauchte plötzlich dringend etwas zu trinken …

Mama kippte ihr Wasser in einem Zug hinunter, als hätte sie seit Tagen nichts bekommen. »Und was ist das jetzt mit diesem Felix?«, fragte sie.

Ich senkte den Kopf. »Das hab ich so erzählt in der Theatergruppe. Dass ich einen Bruder habe. Ich wollte ja immer einen.« Mama machte den Mund auf, aber dann sagte sie doch nichts. »Er heißt eigentlich Viktor.«

Es dauerte eine Weile, bis ich Mama alles erklärt hatte, das mit Viktor und dass er mein Herzensbruder war, weil ich ja nun mal kein Bruderherz hatte.

»Hmmm«, machte Mama. Sie erinnerte mich an Viktor. »Und das«, sie stockte, »mit … mit deinem richtigen Bruder? Mit Felix? Seit wann weißt du das?«

»Seit vor der Klassenfahrt«, antwortete ich. »Das Album. Auf dem Dachboden, weißt du noch? Du hast es mir weggenommen, aber ich habe es mir abends noch mal geholt.«

»Seit über drei Monaten!« Mama riss entsetzt die Augen auf und schlug sich die Hand vor den Mund. »Es tut mir so leid! Es tut mir so leid! Ach, Luise! Es tut mir so leid!« Es war, als könnte sie nichts anderes sagen. »Ich wollte dir das immer erzählen, aber dann …«, sie schluckte, »ich wollte nicht, dass du traurig bist. Und ich wollte auch selber nicht mehr dran denken.«

»Aber du hast dran gedacht«, flüsterte ich.

»Ja, klar«, sagte Mama und schnäuzte sich. »Immer, wenn was mit dir war, hab ich dran gedacht. Und dann hab ich gedacht, oh Gott, nicht auch noch Luise!« Mama schluchzte so sehr, dass es sie schüttelte. Ihre Wimperntusche war verschmiert bis zum Kinn. »Entschuldige, dass ich dir hier was vorheule«, sagte sie mit unsicherer Stimme. »Und entschuldige, dass ich die ganzen Jahre so …«, sie suchte nach Worten, »so war.«

»Ach, Mama!« Ich rutschte auf die Couch neben sie und nahm sie in den Arm. »Ihr hättet es mir aber doch sagen sollen!«

Ich musste selber ein bisschen mitweinen oder eigentlich sogar ziemlich sehr, über Mama und mich und Felix und alles, bis uns die Taschentücher ausgingen und ich eine Rolle Klopapier aus dem Bad holte.

»Ja, aber Mama«, sagte ich schließlich und setzte mich wieder auf die andere Couch, »guck mal, EINMAL ist euch ganz was Schreckliches und Trauriges passiert. Und mir doch auch!«

Mama nickte traurig.

»Aber das heißt ja nicht, dass NOCH mal was Schlimmes passiert!«, rief ich wütend. »Oder dass IMMER was Schlimmes passiert. Bei euch, bei dir und Papa, da ist es so, als ob ihr einen Alarmknopf hättet, und der ist dauernd auf Rot. Und allmählich könntet ihr den doch mal ein bisschen runterstellen! Wenigstens auf Orange, wenn ihr Grün schon nicht schafft! Denkt doch auch mal an mich! Weil, eigentlich denkt ihr nur an euch, und am liebsten wär euch, wenn ich immer zu Hause hocken würde, in dem Zimmer, das ihr mit Matratzen ausgepolstert habt, dann müsstet ihr euch keine Sorgen machen!«

Mama sah nachdenklich vor sich hin. Dann seufzte sie tief, so als ob noch ein letztes Schluchzen aus ihr herauswollte. Und als ich gerade dachte: ›Nein, bitte nicht, für heute ist doch eigentlich genug geweint‹, da setzte sie sich gerade hin und sagte: »Du hast so recht, Luise. Du hast einfach so recht. Ab heute üb ich das. Das mit dem Alarmknopf auf Ora… Nein, auf Grün!«, rief sie trotzig und ballte die Faust.

»Ich übe das jeden Tag! Ich bin noch nicht so alt, ich kann das noch lernen. Und außerdem«, sie lächelte ein bisschen, das Lächeln drückte ihre letzten Tränen aus den Augen, »man wird ja schließlich so alt wie eine Kuh und lernt doch immer noch dazu!«

»Ich helf dir üben!«, sagte ich eifrig, und wir lachten zusammen und weinten zusammen, bis Papa kam und ganz erschrocken war, weil wir beide so verheult aussahen. Und da erzählten wir es ihm auch. Und Papa saß ruhig da und nickte und sagte: »Na, ich sehe ja, ihr habt das für euch schon geklärt. Und das ist auch gut so. Bloß mit dem Theater, Luise, ich weiß nicht …«

›Oh nein‹, dachte ich, ›noch eine Diskussion halte ich heute nicht aus!‹

»Ich hör nicht mit dem Theater auf!«, rief ich ganz wild. »Denk das bloß nicht!«

Papa hob die Hände. »Jaaa, ist ja schon gut!«, grummelte er.

»Aber ihr kommt zur Aufführung, oder?«, rief ich. »Am Freitag ist die. Und Frau Krauseminz laden wir auch ein.«

»Frau Krauseminz?«, fragte Mama erstaunt. »Wieso Frau Krauseminz? Wie kommst du auf Frau Krauseminz?«

»Na ja«, erklärte ich. »Wenn Frau Krauseminz nicht gewesen wäre, dann hätte ich mich das überhaupt nicht getraut mit der Theatergruppe.« Und dann erzählte ich Papa und Mama auch noch von dem Gespräch mit Frau Krauseminz. Und von den Mauern und den Kreidestrichen.

»Frau Krauseminz«, murmelte Papa und nickte nachdenklich. »Guck an. Mehr Verstand im kleinen Finger als zehn Professoren im Kopf.«

In dieser Nacht schlief ich zum ersten Mal seit langer Zeit wieder so richtig gut.

»Viel Spaß in der Theatergruppe«, sagte Mama zu mir, als ich am nächsten Morgen losging. »Abzuholen brauchen wir dich ja nicht. Du … äh … du kennst ja den Weg!« Sie grinste mich an, ein kleines, noch etwas unsicheres Lächeln.

›Sie hat schon angefangen zu üben‹, dachte ich.

Bühne, Beifall, Bruderherz

Die Hauptprobe lief katastrophal. Anna hatte ihre Requisiten verschusselt, ich wusste auf einmal meinen Text nicht mehr und sogar Tilda verspielte sich am Klavier wieder und wieder. Aber sie blieb ganz ruhig. »Jaja«, sagte sie, »das ist immer so. Alter Theateraberglaube: Je schrecklicher die Hauptprobe ist, desto wunderbarer wird die Aufführung. Anna, dein Staubtuch hängt übrigens über dem Stuhl neben Viktor!«

Anna und Viktor saßen in den Spielpausen die ganze Zeit zusammen. Sie redeten und redeten und Anna hatte wieder ihre Sternchenaugen.

»Grüß Tini«, rief sie Viktor zu, als wir gingen, und winkte.

»Du hast es ihr gesagt?«, fragte ich. »Echt jetzt?«

»Sieht so aus.« Viktor grinste. »Sie war total sauer.«

»Was?«, rief ich entsetzt. »Aber ich dachte …«

Viktor grinste noch mehr. »Sie hat richtig gespuckt vor Wut, dass ich ihr das nicht früher gesagt habe. Dass ich gedacht habe, sie wär so eine Tusse, die nur auf die totalen Champions steht. Und mich um meine Schwester zu kümmern, das wär ja wohl viel toller als Hip-Hop und solche Sachen!«

Ich zog ihm die Kapuze übers Gesicht. »Das hab ich dir schon vor ein paar Wochen gesagt, wenn du dich daran erinnern möchtest, Herzensbruder! Aber da redet man und redet man ...«

Viktor rückte seine Kapuze wieder gerade. »Und ich wär jemand, der wirklich zuhört und sich für andere interessiert. Hat sie auch noch gesagt. Gäb nicht viele Jungs, die so sind.« Viktor lächelte zufrieden.

Ich gab ihm einen Rippenstoß. »Bild dir bloß nichts ein, Brüderchen! Und in unserer Klasse, jetzt im Ernst mal, da würd ich das aber trotzdem nicht erzählen, das mit Tini. Chantal und Steffi Rotzauge und die alle, die suchen doch nur einen Grund, um sich lustig zu machen.«

»Gerade ...«, sagte Viktor. »Oh, Wandsbeker Chaussee! Ich muss raus. Tschüss, Schwesterchen!«

Gerade ... gerade ... Wie hatte Viktor das gemeint?

Am nächsten Tag in der Schule kriegte ich's raus. Es war die letzte Stunde und Heinzi sagte zu Viktor: »Viktor, könntest du heute den Fegedienst übernehmen und das Klassenbuch wegbringen? Emma ist krank.«

Viktor schüttelte den Kopf. »Nee«, sagte er, »ich kann nicht. Tummelei. Ich muss gleich meine kleine Schwester von der Kita abholen.« Er sagte es ruhig und so laut, dass alle es hören konnten. Und er saß ganz gerade dabei. Überhaupt war mir aufgefallen, dass er in letzter Zeit nicht mehr so krumm ging und dass seine Augen normal offen waren und nicht halb geschlossen, so wie früher immer.

»Ach so«, sagte Heinzi, »das geht natürlich vor. Wer kann's denn dann machen?«

Ben meldete sich und Heinzi sagte »Vielen Dank, Ben!« und »Tschüss« und stöckelte aus der Klasse.

Finn nickte Viktor zu. »Nervig, oder?«, stöhnte er und grinste. »Ich muss auch immer auf meinen kleinen Bruder aufpassen. Also, nicht immer, aber ab und zu halt.«

Viktor schob sein Englischbuch in seinen Rucksack. »Ist deine Mutter auch allein?«, fragte er.

»Nee, meine Mutter nicht«, antwortete Finn, »aber mein Vater.«

Und das war's. Niemand machte sich lustig, niemand machte eine blöde Bemerkung.

Nur Chantal und Steffi konnten es natürlich nicht lassen. »Babysitter! Babysitter!«, sangen sie.

»Ja«, erwiderte Viktor lässig. »Manchmal schon. Was dagegen?«

Chantal starrte ihn an.

»Du bist ja bloß neidisch«, sagte ich zu ihr, »dass du keine Geschwister hast.«

»Du hast ja auch keine«, keifte Chantal.

»Aber ich hab einen Herzensbruder!«, sagte ich. »Komm, Viktor.«

* * *

»Ach, das Sparschwein ist leer!«, schmetterte ich, und Tilda begleitete mich und wiegte sich am Klavier vor und zurück, als ob sie im Sitzen tanzte. Es klappte wunderbar, ganz wie Tilda gesagt hatte. Jedenfalls der erste Akt. Ich beobachtete, wie Mama ungläubig und zugleich begeistert den Kopf schüttelte. Und Papa? Papa sah so stolz aus, dass er fast aus seinem einzigen schicken Anzug gesprungen wäre. Jedes Mal, wenn ich zu ihm hinguckte, gab er mir unauffällig das Daumen-hoch-Zeichen.

Neben meinen Eltern thronte, mit frischer Dauerwelle und Perlenkette auf dem Busen, im grünen Glitzerkleid Frau Krauseminz wie eine kugelrunde gute Fee. Am Rand des Zuschauerraums stand ihr Einkaufswagen, aus dem es bis zur Bühne nach selbst gemachtem Kartoffelsalat, Frikadellen und frisch gebackenen Berliner Pfannkuchen duftete. »Denn nur von der Kunst alleine kann man nicht leben«, hatte sie gesagt. Sie lachte so sehr, dass ihre Augen fast in ihren roten Apfelbäckchen verschwanden.

Dann kam der zweite Akt. Ich stand mitten auf der Bühne und sang den großen Bankraub-Song. Meine Lieblingsnummer! Aber als ich zwischendurch einmal kurz ins Publikum schaute, da waren die Plätze meiner Eltern leer. Mechanisch sang ich weiter. Es konnte doch nicht sein, dass sie einfach gegangen waren! Es hatte ihnen doch so gut gefallen! Außerdem würden sie so was nie machen! Verwirrt sah ich ein zweites Mal hin. Vielleicht hatte ich nicht mehr richtig in Erinnerung, wo sie gesessen hatten? Aber neben den beiden freien Plätzen sah ich Frau Krauseminz, die nicht mehr lachte und besorgt zum Ausgang schaute. ›Irgendwas muss mit Mama sein‹, dachte ich, während ich wie auf Autopilot weiterspielte. Sie war oft so blass und müde in letzter Zeit, und diese Ohnmacht im Kaufhaus … Ob sie krank war?

Jetzt verhaspelte ich mich doch. Tilda flüsterte mir den Text so laut zu, dass ich dachte, alle im Publikum müssten es hören. Ich nahm mich zusammen, konzentrierte mich, sosehr ich konnte, und versuchte, mir keine Sorgen zu machen.

Aber auf einmal verstand ich Mama – wenn man einmal anfängt mit den Sorgen, dann ist es ganz schön schwer, damit aufzuhören.

Vielleicht konnte ich in der Pause kurz rausflitzen, nach dem Bühnenumbau. Ich beeilte mich wie ein Wirbelwind. Ich donnerte Anna fast einen Sessel auf den Fuß. Ich brachte das Hotelschild falsch herum an. Ich verwickelte mich in einem Vorhang in der Kulisse, kämpfte, um wieder freizukommen, und riss ihn dabei halb herunter. Trotzdem oder vielleicht gerade deshalb wurden wir nur ganz knapp fertig mit dem Umbau, und als es zum dritten Akt klingelte, musste ich gleich wieder auf die Bühne.

Was war mit Mama?

Als Erstes schaute ich in den Zuschauerraum. Uff, sie waren wieder da. Mama winkte mir sogar beruhigend zu. Ich atmete erleichtert auf. Aber Mama sah wirklich blass aus. Oder – ob das an der Beleuchtung im Zuschauerraum lag?

Ganz allmählich kam ich wieder ins Spielen. Der dritte Akt war der schwierigste, man musste sich einfach konzentrieren und konnte an nichts anderes denken.

Und dann waren wir fertig. Wir verbeugten uns. Erst alle zusammen, dann einzeln. Der Beifall brauste und prasselte und hob uns hoch auf mindestens Wolke vierzehn. Ich wurde immer wieder auf die Bühne gerufen und irgendwann stand Papa auf und klatschte im Stehen weiter. Wir winkten auch Tilda auf die Bühne und überreichten ihr den Blumenstrauß, den Mama besorgt hatte, und Tilda gab jedem von uns eine rote Rose. »Am Lichtpult«, rief sie und zeigte nach hinten, »unser wunderbarer Felix! Bitte ein Extraapplaus für den besten Beleuchter der Welt!«

Papa und Mama lachten und applaudierten und renkten sich die Hälse nach Viktor aus.

Und dann kam die Feier. Eigentlich wollte ich Mama sofort fragen, was mit ihr los gewesen war, aber sie stand da so strahlend und nippte an ihrem Orangensaft, und Papa sah auch gar nicht besorgt aus, sondern eher glücklich, dass ich dachte: ›Ach, ich frag sie zu Hause und jetzt freu ich mich erst mal.‹

Wir redeten und tanzten und erzählten uns, an welcher Stelle im Stück wir fast – aber dann doch nicht – stecken geblieben wären. Wir stopften uns mit Frikadellen und Kartoffelsalat und Berlinern voll, bis wir fast platzten. Es gab Saft und Limo für uns und Wein und Sekt für die Erwachsenen, und Papa und Mama stießen mit Viktor und Anna und mir an und sagten, wie toll unser Stück war. Mama umarmte Tilda und bedankte sich für alles und Tilda sagte: »Gern und mit Freude«, aber sie wusste ja gar nicht, was Mama mit »alles« meinte. Denn wenn Tilda und ihr Auftritt im Kaufhaus nicht gewesen wäre, dann hätten Mama und ich uns ja nie ausgesprochen. Und Mama hätte nicht angefangen zu üben, sich keine Sorgen zu machen.

Mitten im Saal saß Frau Krauseminz und gab Lena das Rezept für die Berliner. Und Aylin sagte, das Stück wäre echt super gewesen, wenn auch nicht sehr realistisch, weil Omas nur ganz selten Banken überfallen.

Schließlich verabschiedeten sich alle. Lenas Mama kam und holte Lena und Aylin ab, und ich quetschte mich mit Frau Krauseminz und Viktor auf den Rücksitz, und es war gut, dass unser Volvo so groß war, denn Frau Krauseminz brauchte eigentlich zwei Plätze. Auf dem ganzen Heimweg sagte sie immer wieder, so einen schönen Abend hätte sie schon lange nicht mehr gehabt, sogar noch schöner als der Volksmusikabend mit Florian Kupfersonne. Und sie würde Jakob vorschlagen, dass er das auch mal probiert mit dem Theater, denn man weiß ja schließlich nie, ob man was kann, bis man's versucht.

Papa half ihr beim Aussteigen, und ich rollerte ihren Einkaufswagen bis zu ihrer Haustür, und als ich nach zwanzig Minuten zurückkam – denn Frau Krauseminz wollte mir unbedingt noch die neuesten Fotos von Jakob zeigen und ließ mich gar nicht wieder weg –, da unterhielten sich Viktor und Papa und Mama darüber, wie das für Viktor war, großer Bruder zu sein. Sie fragten nach seiner Schwester und ob er sich gefreut hätte, als seine Mutter ihm sagte, dass er großer Bruder wird, und waren überhaupt ziemlich peinlich. Aber sie merkten es nicht, denn Eltern merken ja nie, wenn sie peinlich sind. Viktor fand sie trotzdem ganz okay, glaube ich, und als er ausgestiegen war, drehte Mama sich zu mir um und sagte: »Den hast du dir aber gut ausgesucht, deinen Herzensbruder. Hoffentlich wird er nicht eifersüchtig.«

»Worauf sollte der denn eifersüchtig werden?«, fragte ich.

Da lächelte Mama ein bisschen verlegen und guckte so runter auf ihren Bauch und sagte: »Na, auf dein Bruderherz!«

Und auf einmal fügte sich alles zusammen in meinem Kopf wie die Teile eines Puzzles: Dass ihr immer mal wieder schlecht gewesen war in letzter Zeit. Dass sie im Kaufhaus so aus den Latschen gekippt war. Und natürlich auch das Rausgehen mitten im Theaterstück.

»Du bist … du kriegst … ich werde große Schwester? Hej! Wie cool ist das denn!«

Mama nickte und strahlte und lachte und weinte gleichzeitig, aber man sah, dass es Freudentränen waren. »Wir waren auch ganz überrascht, aber, na ja, der wollte einfach zu uns, dein Bruderherz.«

»Macht jetzt schon total, was er will, der Bursche«, brummte Papa und sah mich im Rückspiegel mit leuchtenden Augen an.

Epilog

Juni 2021
Bruderherz und Herzensbruder

Und so ist es geblieben mit Aaron.

Er kam zwei Wochen zu früh, sodass Papa und Mama holterdiepolter ins Krankenhaus fahren mussten. Und schon zwei Stunden später rief Papa mich aus der Klinik an, ganz besoffen vor Freude, und sagte, ich hätte ein dickes, starkes, rosiges Bruderherz, und was ich da im Hintergrund höre, das sei Aaron, und mit der Stimme würde er bestimmt Opernsänger.

Jetzt, während ich das schreibe, drei Jahre später, muss ich sagen, dass Aylin recht hatte. Sie hat ja immer recht. Aaron ist total süß, und ich freu mich wirklich, dass er gekommen ist. Aber Brüder, echte Brüder meine ich jetzt, können trotzdem manchmal ganz schön nervig sein. Zum Glück habe ich ja immer noch meinen Herzensbruder, der mittlerweile beim Hamburger Jugendtheater die Beleuchtung macht und mir ziemlich gute Tipps gibt, wenn ich dort auf der Bühne stehe.

Später will er vielleicht Regisseur werden, sagt er. Und es kann ja gut sein, dass das klappt, denn man weiß schließlich nie, ob man was kann, bis man's versucht.

Mama hat richtig gut gelernt. Wenn sie doch wieder mal ihren panischen Blick kriegt, dann drehe ich meine Hand, als wollte ich einen Knopf verstellen, einen Alarmknopf.

Dann lacht sie und sagt: »Uuups! Hab ich mir wieder Mauern gemacht, wo nur Kreidestriche sind!« Und dann geht sie mit Aaron auf den Spielplatz und lässt ihn mit seinem Bobbycar den Schlittenberg runtersausen, dass es nur so kracht, und wenn er auf dem Heimweg auf dem Mäuerchen läuft, hält sie ihn nicht fest.

Songs zu der Theateraufführung »Das Böse ist immer und überall«

Lied der Oma

Ach, das Sparschwein ist leer
und da ist gar nichts mehr
und an Rente ist fast nichts mehr da.
Und das Konto ist leer,
unterm Bett ist nichts mehr.
Das ging drauf für das Heim von Papa.

Doch man will ja noch was
und man will noch ein Fass
öffnen, auch wenn man faltig und alt.
Und da muss doch noch was
möglich sein, ja und das,
das gewinnt jetzt allmählich Gestalt.

Denn man braucht doch das Geld
für das, was uns gefällt.
(gesprochen: »Ich wollte mir schon immer mal so
rattenscharfe rote Prada-Pumps kaufen.«)
Und man lädt ja auch die Enkel gern mal ein.
Und man reist doch auch gern
und nicht bloß nach Luzern.

(gesprochen: »Sondern vielleicht in die Südsee, wo's warm ist,
das wird meinem Rheuma guttun.«)
Und man wird ja irgendwann auch älter sein.

Dann ist man nicht versorgt
und man knausert und borgt,
und wer weiß, was noch alles passiert.
Und dann bin ich geprellt,
darum brauch ich das Geld
und das wird jetzt mal organisiert!

Banküberfall-Planung,
allmähliche Überzeugung der Enkel Jonte, David, Nicki –
Bankraub-Song

Alle Enkel oder die Enkel abwechselnd:
Die Oma spinnt,
ist durch 'n Wind,
die hat 'n Knall,
auf jeden Fall.
Ist nicht ganz dicht,
das geht doch nicht,
das kommt ans Licht,
dann vor Gericht,
wenn man uns fasst,
dann in den Knast.
Nix mit dem Bankraub!

Oma:
Doch man braucht ja das Geld
für das, was uns gefällt.
*(gesprochen: »Jonte, wolltest du nicht immer schon mal
einen Maserati fahren?«)*

Jonte:
(gesprochen: »Maserati?«)

Oma:
(gesprochen: »Siehst du?«)
Und man lädt ja auch die Mädels gern mal ein.
(gesprochen: »Nicki, du erinnerst dich doch an Kathi.«)

Nicki:
*(gesprochen: »Kathi! Die hat mir dieser reiche
Schnösel Lukas weggeschnappt!«)*

Oma:
(gesprochen: »Siehst du?«)
Und man reist doch auch gern
und nicht bloß nach Luzern.
*(gesprochen: »David, musst du nicht noch ein Referat über
die Südsee schreiben?«)*

David:
*(gesprochen: »Genau. Aber ich möchte mal wissen, wie's da
wirklich ist!«)*

Oma:
(gesprochen: »Siehst du?«)
Mit 'nem Batzen Geld, da wird das richtig fein!

Enkel:
Ein Küsschen von Kathi
und ein Maserati
und im Referati
'ne Zwei, das wär schön.

Zwei Küsschen von Kathi
und drei Maserati
und im Referati
'ne Eins, man wird's sehn!

Alle:
Ja, man braucht doch das Geld
für das, was uns gefällt.
Und da fällt uns schon so manches Schöne ein.
Und wir reisen auch gern,
und zwar nicht nach Luzern.
Mit 'nem Batzen Geld, da wird das richtig fein!

Auf, auf zum Bankraub!

Jonte:
(gesprochen: »Aber die Polizei wird uns suchen –
und dann?«)

Oma:
Bis die Gefahr verraucht,
sind wir ja abgetaucht.
Ganz abseits von der Welt.
Die Zimmer sind bestellt.
Hotel zum kühlen Grund,
da ist es ruhig und
da kommt nie jemand hin,
so wahr ich Oma bin.
Da warten wir in Ruhe ab und dann –
ja, dann fängt das Leben richtig an.

Enkel:
Ein Küsschen von Kathi
und ein Maserati
und mein Referati
ach, wird das schön …

Die Oma spinnt nicht,
ist durch 'n Wind nicht,
die hat kein' Knall,
auf keinen Fall.

Der Raub kommt nicht
und nie ans Licht,
nie vor Gericht,
ist wasserdicht.

Auf, auf zum Bankraub!

Alle ab, im Abgehen ruft die Oma:

Oma:
(gesprochen: »Und kauft euch Strumpfhosen!«)

*David: (gesprochen: »In der Südsee braucht man doch kei-
ne Strumpfhosen! Oma! Ich weiß ja auch gar nicht, welche
Strumpfhosengröße ich hab! Omaaaa!«)*

Andrea Schomburg wurde in Kairo geboren und ist im Rheinland aufgewachsen. Ein erster Lyrikband erschien 2007, weitere folgten. Sie tritt mit ihren Gedichten, Chansons und Prosasketchen in lyrischen Kabarettprogrammen auf. Bevor sie Kinderbuchautorin wurde, arbeitete sie als Lehrerin an einem Hamburger Gymnasium. Seit 2012 ist sie Lehrbeauftragte an der Leuphana-Universität Lüneburg. Andrea Schomburg lebt in Hamburg.

Dorothee Mahnkopf, 1967 in Berlin geboren, hat Visuelle Kommunikation in Offenbach studiert. Seit über 15 Jahren arbeitet sie als freiberufliche Illustratorin und hat viele Schul-, Kinder- und Bastelbücher für Verlage gezeichnet, außerdem Bilder für Tageszeitungen und Magazine. Dorothee Mahnkopf lebt in Rheinland-Pfalz.

Besucht uns auf Facebook und Instagram!

TULIPAN-Newsletter
Tolle Lesetipps kostenlos per E-Mail!
www.tulipan-verlag.de

© Tulipan Verlag GmbH, München 2019
Alle Rechte vorbehalten
1. Auflage 2019
Text: Andrea Schomburg
Vermittelt durch die Literarische Agentur Barbara Küper
Bilder: Dorothee Mahnkopf
Layout und Satz: Tulipan Verlag, Stephanie Raubach
Druck: GGP Media GmbH, Pößneck
ISBN 978-3-86429-418-1

Lachen ist die beste Medizin

€ 13,00 (D)/€ 13,40 (A)
ISBN 978-3-86429-406-8

Philip hat eigentlich ein tolles Leben: Mit seiner Mutter versteht er sich richtig gut und auch in der Schule gibt es nur kleinere Schwierigkeiten. Doch eines Tages ändert sich Philips Leben schlagartig: Seine Mutter hat Brustkrebs! Philip ist geschockt. Es ist ja schon schlimm genug, dass seine Mutter ernsthaft krank ist. Aber warum hat sie nicht eine weniger peinliche Art von Krebs bekommen können – wie Zehen- oder Ohren-Krebs? Philip meistert die Krankheit seiner Mutter mit viel Humor, aber auch großem Einfühlungsvermögen. Mit seinen komödiantischen Fähigkeiten gelingt es ihm, dass auch seine Mutter neuen Lebensmut gewinnt.

»Beim Lesen kommen die Tränen in den Augen aber nicht etwa vom Mitleiden, sondern vom Lachen.«
F.A.Z. / Elena Geus